JN316278

小説 仮面ライダー響鬼

きだつよし

講談社キャラクター文庫 006

目次

一之巻

響く鬼

「……どうやら生きとるようじゃ」

伊賀者は切り裂かれた脇腹を押さえながらなんとか体を起こした。

傷は脇腹だけではない。腕も、足も、肩も、顔も、至るところに傷を負い、歳で白くなりつつある髪さえ額から吹き出した血で赤く染まっている。

「なんのこれしき……！」

己を鼓舞《こぶ》しながら立ち上がった初老の伊賀者は、〝得体の知れない何か〟に敵意の目を向けた。

身の丈は十五尺……いや二十尺はある毛むくじゃらの〝得体の知れない何か〟は人の三倍を優に超えている。長い角を有するその顔から一見水牛のようにも見えるが、首の下に連なる胴体は人のごとく直立し、熊のごとく逞《たくま》しい二本の足は重々しく大地にめりこんでいる。そして尻から垂れ下がった長い尻尾は、大蛇のように重く緩やかに地面をはっている。

ムオオオオオオオオオオオオオン！

〝得体の知れない何か〟が唸《うな》った。伊賀者はクナイを握る右手に力を込めた。

こぶのように大きく盛り上がった〝得体の知れない何か〟の黒い背が波のように小刻みに振動している。そして、その波の中からブクブクと不気味な音を立てながら、何百、いや何千という巨大な針が次々と突き出してくるのが見えた。

「今度食らったら命はないやも知れぬ……」

伊賀者の体に緊張が走った。

そう、先刻初老の伊賀者をズタズタに切り刻んだのは、この針の雨だった……。


関ヶ原の戦から数十年……。

戦国乱世は終わりを告げ、世の中は天下太平の時代を迎えていた。

だが、徳川に忠誠を尽くす大名たちとて野心を捨てたわけではない。すきあらば幕府を転覆し、みずからが征夷大将軍《せいいたいしょうぐん》の名乗りを上げるべく秘《ひそ》かに牙を研ぐ者もいる。もし彼らがその牙を剝いたら……世はたちまち戦国時代に逆もどりし、大勢の民が命を落とす。

そこで幕府は謀反や謀略を未然に防ぐべく伊賀者を諸国に放ち、情報収集に明け暮れていた。天下太平となったこの世を人知れず守ることこそ、徳川に仕える忍び『伊賀者』の使命であった。


初老の伊賀者もまた、とある使命をおび〝吉野《よしの》〟へ向かう最中であった。

吉野は江戸から遥《はる》か遠く離れた畿内地方にある大和国、その南に位置する山岳地帯にあり、広大な山林は昼間でも夜のように暗く、まるで人を拒むかのように深く険しい……。

修験者が修行で入る以外はめったに人が足を踏み入れぬ秘境の地でもあった。

幸い大和国は初老の伊賀者の故郷・伊賀の隣国。彼は江戸からの長旅の疲れを故郷で癒し、あと一息と大和国との国境を越えようとしたが、その矢先、横なぐりに降り注ぐ針の雨に襲われたのだ。

かわすのは至難の技、並の忍びならおそらく即死だっただろう。

だが、初老の伊賀者は幾多の死線をくぐりぬけた歴戦の勇士であった。

伊賀者はすばやく刀を抜いたかと思うと、まるで風車のように刀身を高速回転させて針の雨を弾き、身を守った。が、やむことを知らぬ豪雨のような針の雨は伊賀者の防御を遥かに上回り、その一本が風車の盾《たて》をすりぬけた。

「ガッ……」

針に肩を裂かれた伊賀者は必死で刀を回し続けたが、針の雨は次々と隙間《すきま》をぬい、伊賀者の体をズタズタに切り裂いていった。

やがて……。

針の雨がやんで森に静けさがもどると、棒切れのごとく倒れ伏した初老の伊賀者の姿を確認したかのように暗い森の奥から巨大な影がゆっくりと姿を現した。

その影こそが、伊賀者に針の雨を浴びせた張本人……〝得体の知れない何か〟だった。

〝得体の知れない何か〟の背中に巨大な針が新たに生えそろおうとする様を見た初老の伊賀者は残った力を振り絞り、脱兎《だっと》のごとく駆《か》け出した。

(半蔵《はんぞう》様の命令を全《まっと》うするまで死ぬわけにはゆかぬ……！)

初老の伊賀者は痛む体を引きずり、全速力で駆けた。

が、その体が突然何かにつかみあげられた！

「なぬッ……⁉」

伊賀者の体を締めあげているのは〝得体の知れない何か〟から伸びた長い尻尾だった。

愚鈍《ぐどん》な生き物は捕食のために鈍い動きを補う機能を有していることが多い。この〝得体の知れない何か〟の場合、俊敏《しゅんびん》に伸びる尻尾がそれに相当するようだ。

ムオオオオオオオオンッ……！

〝得体の知れない何か〟が牛のような野太い鳴き声を上げ、口を開く。大きく開いた口から唾液が滝のようにしたたり落ちている。

「ワ、ワシを食ってもうまくないぞッ！」

初老の伊賀者が思わず叫ぶ。

が、だいたいにおいてこの手の台詞《せりふ》は猛獣《もうじゅう》には通じない。しかも目の前の相手は猛獣ですらない〝得体の知れない何か〟なのだ。

話す言葉を持たぬその巨大な口は臭い息を吐きながら伊賀者に迫ってくる。

そのとき……。

ボウッ！　と火が燃え上がる音が聞こえたかと思うと、飛んできた火の弾が〝得体の知れない何か〟に炸裂《さくれつ》した！

ムオオオオオオオオオオッ……！

と、熱さに身をよじる〝得体の知れない何か〟の尻尾から解放された伊賀者は、そのままズドンと地面に叩《たた》きつけられた。

「ふう。間にあったみたいだな」

伊賀者の背後で突然声がした。

ハッとなって振り返ると、そこにはマタギのような格好をした若者が今駆けつけたという体《てい》で立ち、その手に握られた棒の先に赤い炎が煌々《こうこう》と燃え盛っている。

(炎を飛ばしたのはこの男だったのか)

伊賀者は改めて若者を見た。

年の頃は二十二、三。額に汗をにじませたその顔は、浅黒く野性味があるもののどこか少年のような輝きを残し、背丈はそれほど大きくないが、はだけた上着からのぞく体は均整のとれた筋肉に包まれており、山育ち特有の逞しさが体中からあふれ出している。

若者が伊賀者の握りしめる血まみれの刀を見て話しかけた。

「よくがんばったな。けど残念ながら魔化魍《まかもう》は普通の刀じゃ倒せないんだ」

「マカモウ……？」

伊賀者は目の前で暴れる〝得体の知れない何か〟……〝マカモウ〟に改めて目をやった。

「あいつはヤマアラシっていって、魔化魍の中でもかなり獰猛《どうもう》な奴で……」

ムオオオオオオン！

若者の説明を遮《さえぎ》るように魔化魍ヤマアラシが大きく唸った。

「あんたは下がって。こっからは俺がやる」

若者は炎の消えた棒を腰に収めて伊賀者を木の陰に押しやると、懐から先が二股に分かれた小さなかんざしのような物を取り出した。

（……音叉《おんさ》？）

若者が懐から出した意外なものに伊賀者の記憶が甦《よみがえ》った。

音叉とは南蛮渡来《なんばんとらい》の品物で音を調律するために使う道具であり、初老の伊賀者は南蛮商人が将軍様に献上する供物の中にあった音叉を見たことがあった。そして音叉を手にした将軍が「何の役に立つのかまったくわからん」と一笑にふしたことが印象に残り、記憶に留めていたのだ。

（そんなものでどう戦おうというのか……）

伊賀者の思いを知ってか知らでか、音叉を手にした若者が怒号《どごう》を上げるヤマアラシを前に悠然と立っている。

「まさかこんなところに魔化魍が出るとは……吉野のそばとはいえ油断は禁物ってことか」

若者が二股にわかれた音叉の先をそばに立つ大木に打ちつけた。

キィイイイイン……。

緊張感のある……それでいてどこか清らかな音色が音叉から響き渡った。不思議な音色を奏でる音叉を若者は額にあてた。すると不思議な音色に呼応するかのごとく、若者の体からボウッと青白い炎が立ち上った。

「なんと……⁉」

驚く伊賀者の目の前で若者の体が炎に包まれた。

ムオオオオオオオオン！

目の前に立ち上る炎に恐怖するかのように、ひときわ高い鳴き声を上げたヤマアラシが針の雨を放たんと黒い背中を若者に向けた！

「危な……」

伊賀者は叫ぼうとしたが、その声は若者の気合にかき消された。

「ハアッ！」

が、さらにその気合をかき消すかのようにヤマアラシから放たれた幾千の針が豪雨のごとく若者に襲いかかる！

しかし……！

若者の体を包む紅蓮《ぐれん》の炎が龍《りゅう》のごとく激しくうねり、巨大な炎の渦を描いて襲い来る針の雨を一瞬にして飲み込んだ！

森を駆け抜ける激しい熱気に伊賀者も思わず顔を背ける。

紅蓮の炎に巻かれ、針の雨がことごとく燃え尽きた！

熱気が収まり再び若者を見た伊賀者は我が目を疑った……。

得体の知れない魔化魍の前に立つ若者……彼もまた得体の知れない異形の者へと姿を変えたのだ……！

その体は逞しく均整のとれた筋肉に包まれているが、皮膚は鉄のように黒く光り、同じく黒光りする顔には目も鼻も、いや口さえもなく、歌舞伎の隈取《くまど》りのごとき赤い紋様が鮮やかに浮かび上がっている。そして鬼瓦《おにがわら》のような紋章が浮かび上がった額からは銀に輝く二本の角が天に向かって突き出していた。

「鬼……」

伊賀者の口から思わず言葉が漏れた。

若者の姿はまさに〝鬼〟と呼ぶにふさわしい姿形であった。

鬼とは、古来人を襲い人を喰《く》らうと言い伝えられてきた伝説の産物である。人に脅威をもたらす存在としてさまざまな民話の中に形を変えて登場し、天変地異や疫病、悪行の象徴として人々の心の中に生きる偶像にすぎない。

その〝鬼〟が今目の前にいる……。

しかし異形の姿と化した彼には禍々《まがまが》しい邪気はいっさい感じられない。むしろ澄み切った覇気さえ感じられ、その立ち姿には言いようのない神々《こうごう》しさがただよっている。

(そうか……ワシが会わねばならぬ者とは……)

異形の者に変身した若者を見つめていた伊賀者は自分の任務の意味を理解した。

そのとき、ヤマアラシが再び獰猛なうなり声を上げた。

ムオオオオオオオオン!

針を飛ばし切ったヤマアラシは木々を倒しながら鬼めがけて突進してゆく。

鬼は大きく飛び上がって突進をかわすと、そのまま空中で体をひねりヤマアラシに向かって急降下した。

「たあああああああ!」

鬼の強烈な蹴《け》りを食らったヤマアラシの巨体がズズーンと地面に沈む。

(なんという脚力じゃ……)

鬼の脚から放たれたすさまじい破壊力に伊賀者は思わず息を呑《の》んだ。

ム……ムオオオオ……。

倒れたヤマアラシがゆらりとその巨体を起こす。魔化魍もまたすさまじく強靱《きょうじん》な肉体を持ちあわせているようだ。

「やっぱり蹴り飛ばしたくらいじゃ倒せないか」

鬼はそう言って腰に巻きつけた太い帯の中心から丸い紋章……音撃鼓《おんげきこ》・火炎鼓《かえんつづみ》を引き抜き、猛然とヤマアラシに向かって突っ込んでゆく。

「うおおおおおおおおおお！」

ムチのように襲いかかる尻尾を右に左にかわし、鬼がヤマアラシの懐にもぐりこむ。

「タアッ！」

鬼は握りしめた火炎鼓をヤマアラシの腹に正拳《せいけん》突《づ》きで叩き込むと、暴れるヤマアラシにおかまいなく、すさまじい力でさらに火炎鼓をその腹にめりこませた。

ムオオオオオオオン！

ヤマアラシが苦しみもがく。

「仕上げだ」

鬼は腰の帯にさしていた短い二本の棒、さきほど炎を飛ばした音撃棒《おんげきぼう》・烈火《れっか》を天に突き上げ、二刀流のごとく構えをとった。

「火炎連打《かえんれんだ》！」

気合の声と共に、ヤマアラシの腹にめりこんだ火炎鼓に烈火を打ち込む。

ドゴドゴドゴドゴドゴドゴドゴドゴドゴドゴ……！

太鼓の早打ちのごとく猛烈な連打！

ドゴドゴドゴドゴドゴドゴドゴドゴドゴ……！
ム、ムオオオオ、ムオオオオオン……！
激しく苦しむヤマアラシの体から光が漏れ出す。

(鬼が打ち込む音が邪気を清めておるのか……？)

伊賀者に鬼が放つ技の原理はわからない。だが、鬼が連打する棒から何か特殊な霊気のようなものが注ぎ込まれているということは想像できた。

ドゴドゴドゴドゴドゴドゴドゴドゴドゴ……！

「おりゃあああああああ！」

鬼の最後の連打に呼応するようにヤマアラシの体がひときわ激しく光る。

ムオオオオオオオオオオオオオオオオオオオン！

断末魔《だんまつま》の鳴き声と共に四散するヤマアラシ！

その肉片は飛び散るさなかに土に還り、土の雨となってあたり一面に飛び散った。

「うへッ、ペッペッ……！」

針の雨に土の雨……口に入った土を吐き出しながら今日は降られる日だと初老の伊賀者は顔をしかめた。

森に静寂がもどった。

「もう大丈夫だ」

伊賀者に声をかけた鬼の顔がボウッと光ったかと思うと、体はそのままに顔だけが元の若者の姿へともどった。

声をかけられた伊賀者が隠れていた木の陰から姿を現した。

「助かった。お主《ぬし》のおかげで命拾いしたわい」

「いや、魔化魍を退治するのが俺の仕事だから」

鬼の体をした若者はその異形に似合わぬ屈託のない笑顔を伊賀者に向けた。

伊賀者は改めて若者に尋《たず》ねた。

「お主はいったい何者なのじゃ？」

「俺？　俺はヒビキ」

「……ヒビキ」

「響く鬼と書いてヒビキ」

響く鬼……なるほど、音を響かせ魔物を退治する異形の者にはうってつけの名だと初老の伊賀者は思った。

「つまりお主は…… 〝吉野〟の鬼の一人というわけか」

「まあね。そういうあんたは伊賀者かい？」

伊賀者の顔に緊張が走った。

（伊賀者ということを見抜かれた……？）

無言の伊賀者の心を見透かすかのようにヒビキが笑顔で続ける。

「そんなに警戒しないで。俺はあんたを迎えに来たんだ」

「ワシを迎えに……？」

「将軍様の使いっていうのはあんたでしょ？　こっから先は結界《けっかい》が張られてるから、あんた一人じゃ入れないんだ」

結界……噂《うわさ》には聞いていたが、吉野という場所がある種の聖地として厳重に護《まも》られているのは本当だったのかと伊賀者は思った。

「よいのか……？」

「え？」

「そんな場所にワシを簡単に入れて。ワシが将軍の使いでなかったらどうするのじゃ？」

「俺たちに用がない限りこんなとこまで来る物好きはそうそういないでしょ」

確かに……伊賀者はここまでの険しい道のりを振り返りそう思った。

「山を知る人間だってこの吉野には近づかないんだ。なんたって、ここら辺には〝鬼〟が出るからね」

　ヒビキは黒光りする鋼の肉体をなでながらいたずらっぽく笑った。

「どういうわけでお主はそんな姿になれるのじゃ……？」

　ヒビキの異形の体を見て伊賀者は改めて尋ねた。

「え？　やあ、どういうわけでと言われても困るんだけど。なんていうか……鍛えたらこうなった？」

　人を食った男だと伊賀者は思った。鍛えるだけで異形の者になれるなら、すべての忍びが異形の鬼になれてしまうではないか。

「ま、詳しいことは吉野の偉い人に聞いてよ。俺の仕事はあんたを無事吉野に連れて行く、ただそれだけだから」

　初老の伊賀者は素直にヒビキに従うことにした。

　本来ならば初めて見知る者に簡単に心を許すものではない。だがこのヒビキに対してはよけいな警戒は不要であると伊賀者は感じていた。

　なぜかはわからない。だが彼の屈託のなさ、そして彼が異形に変身したときに感じた神々しさが伊賀者の心に不思議な信頼感を生んでいた。

「それでは、ヒビキ殿。お言葉に甘え吉野に案内していただこうか」

「歩けるかい？　ずいぶんやられたみたいだけど」

「なんのこれしき。この程度の傷でへたばるほどワシはヤワではない」

「さすが。一人で吉野に差し向けられるだけはある」

「これでも伊賀者の中ではちっとは名を知られておるんでな」

初老の伊賀者は自慢げな笑顔を見せた。

「そうだ。そういえばまだあんたの名前を聞いてなかった。名前は?」

ヒビキにそう聞かれ、初老の伊賀者は答えた。

「ワシか。ワシの名はタツマキ……名張《なばり》のタツマキじゃ」

二之巻　開かれる吉《よし》野《の》

晴明寺《せいめいじ》。吉野の深い山林の奥にその寺はあった。

吉野の一角に鬼望峰《きぼうほう》と呼ばれる小さな山がある。その山の頂に位置するこの寺……それがタツマキの目的の地であった。

鬼望峰はどんな地図にも載っておらず、その名を口にする者もほとんどない。

山頂にひっそりと建つ晴明寺もまた、一種の秘密機関であるがゆえ存在を知る者はごくわずかで、吉野に位置することから忍びの世界のような裏社会ではいつしか〝吉野〟という通り名で呼ばれるようになっていた。

もちろん幕府の人間でも吉野の存在を知る者はきわめて少ない。

その存在を知るのは、幕府を統轄《とうかつ》する将軍とその近臣《きんしん》、そして諜報《ちょうほう》部門たる伊賀忍群の上忍《じょうにん》数名である。

元来、吉野の後《うし》ろ盾《だて》は朝廷である。それゆえ幕府とのつながりが薄いのは当然であり、朝廷が吉野の情報を幕府に対して積極的に開示しなかったことも、その隠匿性《いんとくせい》とおおいに関係があると思われる。

では、朝廷が吉野の情報を開示したがらないわけとは何か……？　それは晴明寺を護《まも》る者たちが〝鬼〟だからである。

鬼とは先述のとおり、古来人を襲って喰《く》らうと言い伝えられてきた伝説の産物である。

だが晴明寺には、正真正銘〝鬼〟に変身する者たちがいた。

先刻タツマキを助けたヒビキもそんな〝鬼〟の一人であり、鬼に姿を変える者は、言うなれば変身秘術の免許皆伝《めんきょかいでん》を手に入れた術法者《じゅっぽうしゃ》であった。

〝鬼〟の一門が結成されたのは遥《はる》か昔、平安の時代にまで遡《さかのぼ》る。

そのころ、都は今の江戸ではなく京にあり、幕府もまだ存在せず、時の権力は朝廷が握っていた。

当時の京は〝魔化魍《まかもう》〟と呼ばれる魑魅魍魎《ちみもうりょう》が跳梁跋扈《ちょうりょうばっこ》し、都の人々はその恐怖に眠れぬ夜を過ごす日々を送っていた。

その事態を危惧した朝廷は、陰陽師《おんみょうじ》・安倍晴明《あべのせいめい》を中心に手練《てだれ》の術法者を集め、魔化魍を駆逐する対策を練るよう命令を下した。

そこで安倍晴明は、まず術者自身が魔化魍に対抗しうる強靫《きょうじん》な肉体を手に入れる必要があると考え、術者自身が極限まで体を鍛え抜き、自らの肉体に陰陽の術をかけることによって魔化魍と同等の強靫さを有する異形の姿へ変身する秘術を編み出した。

そして変身できるようになった術法者たちは、対魔化魍用の攻撃術として〝音撃《おんげき》〟と呼ばれる技を会得した。

魔化魍とはもともとは悪気《あっき》にあてられた土塊《つちくれ》であり、その土塊が自然界の未知なる力によって巨大な妖怪に変貌したものである。

音撃は、その魔化魍の体内に〝清めの音〟と呼ばれる霊気を注ぎ込み、中心の悪気を滅却することで木《こ》っ端《ぱ》微塵《みじん》に吹き飛ばす強力な陰陽術であった。

タツマキが目撃したヒビキの攻撃もその音撃の一つで、彼の音撃は霊気を音撃棒《おんげきぼう》に集中させて太鼓を叩《たた》くかのごとく激しく打ち込む……いわゆる打撃系の型であった。

このように音撃術と強靱な肉体を手に入れた術法者たちは、魑魅魍魎から都の治安を守る異形の者として人々から恐れ崇められるようになり、その姿からいつしか〝鬼〟と呼ばれるようになったのである。

だがそれは、意外な時代の変革を生み出すきっかけともなった。

鬼たちの活躍により魔化魍たちが都から追い払われたあと、武士が台頭してきたのだ。

朝廷の護衛団であった武士たちにとっても魔化魍は脅威であった。だが鬼たちが魔化魍退治を一手に引き受けてくれたおかげで彼らは戦力の消耗をまぬがれ、秘《ひそ》かに軍備を増強して自らの武士団を作り、いつしか朝廷を脅かすほどの軍事勢力として成長を遂げていた。

朝廷がそれに気づいたときはすでに遅く、朝廷は力をつけた武士たちによってあっけなく権力を奪われてしまうという事態を引き起こした。

これが鎌倉から室町、戦国、江戸時代へと綿々とつながる長き武家政治の始まりであった。

むろん武士たちは朝廷が持つ強力な鬼をも支配下におこうとした。

だが、武士たちが朝廷に鬼の指揮権を迫ったとき、鬼たちは都から忽然《こつぜん》と姿を消していた。

武士の台頭を快く思わない朝廷は鬼たちを秘かに吉野に向かわせ、朝廷再起のときまで身を潜めるよう指示していたのだ。

吉野……四方を深い山林で覆いつくされたこの秘境の地は、鬼たちが隠れ住むには絶好の場所であった。

連続する断崖《だんがい》と絶壁《ぜっぺき》、迷い込んだら二度と出て来られない深く広い森……自然が生んだ迷宮は、仮に武士団が攻め込んできたとしても、普通の城攻めの何十倍もの労力を要する難攻不落の自然の要塞であった。

そのため、どの大名も吉野の存在を察知しながらあえて山狩りを強行するようなことをしなかった。

また、吉野の山はもともと修験者の修行場になることが多かったことから、普通の人間が立ち入るべきではないという印象も強く、鬼たちが意図的に流した〝修験者が修行する人智《じんち》を越えた厳しい環境〟という噂《うわさ》も功を奏し、いつしか吉野は簡単に人が足を踏み入れてはならぬ〝聖地〟として誰も近づかぬようになっていった。

だが、徳川家康《とくがわいえやす》の江戸幕府が全国支配を成し遂げたことによって、朝廷は再起の機会を完全に逃してしまった。そのため吉野に隠れ住む鬼の一門が表舞台に再び姿を現すことは叶《かな》わなくなり、いつしか裏社会の歴史にのみその名を残す存在となっていた。


その吉野に……幕府から数十年ぶりの密使が派遣された。

それが先刻のタツマキであった。

傷の手当てを受け、控えの間に通されたタツマキは、吉野を束ねる男・イブキと謁見《えっけん》していた。

(彼は名を威吹鬼《いぶき》と書くと言っていたが、彼もやはり鬼に変身するのだろうか……)

幕府の密書《みっしょ》に静かに目を通すイブキの顔を見つめながらタツマキは思った。イブキの端正で美しい顔立ちからは、鬼に姿を変える気配はみじんも感じられない。

タツマキが見たところ、イブキの歳は十五、六。細面の顔は透き通るように白く、山育ちとは思えぬ気品があふれている。

(眉目秀麗《びもくしゅうれい》と語り継がれる源 義経公《みなもとのよしつねこう》が生きておれば、まさに彼のごとき容姿かもしれぬ)

男のタツマキでさえ、その顔に思わず見入ってしまうほどだ。

「ウチの若様は見とれちまうほどいい男だろ?」

その言葉に、タツマキはドキッとして振り返った。

見ると、うしろに座るヒビキがニヤッと屈託のない笑顔を向けている。

「〝心を読むのか〟って顔してるな。忍びのわりに正直者だな、あんたは」

と笑いながらヒビキが続けた。

（よく言われる……）

タツマキは苦笑いした。忍びたるもの心の奥に心を持ち、けっして奥底の心を読まれてはならぬ。だが、彼はバカ正直な男だった。仲間からも「忍びには向かぬ」と言われるほどであったが、反面、その正直さと誠実さがみなに愛され慕われる彼の良さでもあった。

バツが悪そうに顔を引き締めるタツマキにヒビキが続けた。

「別にかたくなることないって。イブキと初めて会った奴は、男だろうと女だろうとみんなそうやって見とれちまうんだから」

ゴホンッ！

静かにせいッとばかりに咳払《せきばら》いをしたのは、イブキの脇に鎮座するキドウだった。

ヒビキはおしゃべりが過ぎたとペロッと舌を出して肩をすくめたが、そのおどける態度がまた気にいらないのか、キドウはさらにギロリと目を見開き、ヒビキを睨《にら》みつけた。

頭を丸く剃《そ》り、熊のようにがっしりした体つきのキドウの風貌は豪快な破戒僧《はかいそう》のごとくであり、彼に睨まれたヒビキは、まるで荒くれ和尚《おしょう》に叱られた寺の小坊主のようだ。

その様子にくすりと笑うタツマキを、これまたキドウがギロリと睨んだ。そのぎょろりとした目にタツマキも肩をすくめた。

「な、怖いだろ？」

ヒビキがタツマキの背に囁く。

「ヒビキっ！」

とうとうキドウが声を上げた。

「よせ、キドウ……客人の前であるぞ」

物静かな口調でキドウを諫《いさ》めたのは、同じくイブキの脇に鎮座するキリュウだった。

キリュウはキドウと同じ歳であるが、破戒僧のごとくであるキドウとは対照的に、長髪をきれいに束ね、小ぎれいに髭《ひげ》を剃った顔立ちはどこか涼《すず》しげで、山奥暮らしを感じさせない垢抜《あかぬ》けた雰囲気があった。

キリュウは涼しげな目を改めてヒビキに向けて言った。

「ヒビキも。本来であれば、この本殿はお前のような者が入れる場所ではない。客人を助けた功により、イブキ様から特別にお許しをいただき同席を許されておるのだ。ふだんのような粗野な振る舞いは慎むよう心得よ」

声こそ優しいが、キリュウの言葉には有無を言わさぬ芯の強さがある。

「ほぉーい」

ヒビキがさらに小さく肩をすくめた。

「ほぉーい」と言うヒビキの返事にキドウが一瞬身を乗り出すが、これ以上この場を荒立てても仕方がないと思ったのか、ヒビキの顔を睨みながら深いため息をつき、顔をしかめながら改めて腰をおろした。

キドウとキリュウ……二人は鬼の一門を束ねるイブキの補佐役である。

数年前、魔化魍との戦いで命を落とした先代イブキに代わり、若くしてその名と吉野の頭目《とうもく》の地位を継いだイブキを手助けするのが彼ら二人の役目であった。

キドウを剛《ごう》とするなら、キリュウは柔《じゅう》。キドウを炎とするなら、キリュウは風。まったく対照的な性格の二人であったが、鬼の伝統を守るという思いの強さは共に同じであった。

キドウは〝鬼堂《きどう》〟と呼ばれる重鎮《じゅうちん》の鬼で、男でも持ちあげるのが困難な巨大なほら貝を軽々と吹き鳴らし、豪快な音撃を放つ屈強な術法者であった。音撃の強さはおそらく吉野随一。誰もが秘かに彼の強さに憧《あこが》れていた。

キリュウも〝鬼龍《きりゅう》〟と呼ばれる手練の鬼であったが、魔化魍に負わされた傷が元で鬼に変身できなくなり、以後は諜報《ちょうほう》部門の長として、各地に鬼を派遣し情報収集に努めている。

吉野の鬼はみな、幼いころこの二人から訓練を受けた。キドウからは鬼の体作りや音撃を、キリュウからは鬼としての素養や学問を。ヒビキやイブキも幼いころに二人から鬼の基本を学んでおり、キドウとキリュウは、いわば吉野の鬼の育ての親のような存在であった。

タツマキは、キドウやキリュウの前で窮屈そうにしているヒビキを見て、ヒビキは茶目っ気が多く気さくな男だが、この大人たちは苦手らしいということがわかった。

タツマキがそんなことをぼんやりと考えていると密書を読み終えたイブキが静かに顔を上げた。

タツマキは改めてイブキに目をやった。

「つまり幕府は……我々に力を貸せと」

タツマキにそう問うイブキの瞳は厳しい光に満ちている。

「ハッ……将軍様はぜひともあなた方の力を貸してほしいとお望みでござる」

タツマキは恭《うやうや》しく頭を下げながら答えた。

「断る」

イブキは冷たく即答した。顔こそ少年のあどけなさが残っているが、その声には鬼の一門を束ねる者としての威厳と重さが備わっている。

「イブキ殿……」と食い下がろうとするタツマキをイブキが遮《さえぎ》った。

「我らの相手はあくまで魔化魍。戦に力を貸すつもりは毛頭ない」

朝廷と幕府の関係は先述のとおりである。

君主である朝廷から権力を奪い、自らをこの山奥へと追いやるきっかけを作った武士の子孫たちに鬼の一門が素直に首を縦に振るはずがない。

タツマキにもそのことは十分にわかっていた。しかしこんな秘境の地までやってきてただで帰るわけにはいかない。鬼たちに協力の約束をとりつけることがタツマキの重大な使命なのだ。

タツマキが次の言葉を探しているとイブキがスッと立ち上がった。

「遠いところ御苦労であった。お引き取りを」

「お、お待ちくだされ！」

「まだ何か……？」

背を向けたままのイブキにタツマキが続ける。

「確かにイブキ殿のおっしゃるとおり、武士は長年国盗りに明け暮れ、人同士の醜《みにく》い争いを繰り広げて参った。が、それも今となっては遠き昔のこと。亡き家康公が天下統一を成し遂げられてから数十年、この国に戦らしい戦は起こることもなく、ようやく天下太平の時代を手に入れてござる。しかし今もって、争いの種を播き、再びこの世を戦乱の世に陥れようと考える者どもがおるのも事実。その者たちを抑えるために是非とも鬼の力を……」

「さきほども申したはず。我ら鬼は戦に力を貸さぬ」

返すイブキの言葉に取りつく島はない。

が、タツマキは語気を強めて言葉を続けた。

「その戦の火種があなたのお仲間であるとしてもでござるか……？」

その言葉にイブキが振り返った。

いや、イブキだけではない。キドウもキリュウもタツマキの意外な言葉に吸い寄せられた。

「我らの仲間？　……それはどういう意味だ？」

さきほどまでとはうってかわり、イブキが真剣な面持ちでタツマキを見つめている。

タツマキは言った。

「こちらとてまだ正確にすべてをつかんでいるわけではござらぬ。ですが、この世を再び戦乱に巻き込まんとする男が『鬼』である可能性がきわめて高い」

「馬鹿なことを申すな！　鬼はけっして戦乱の火種になどならぬ！」

イブキは美しい顔に強い怒りをにじませながらタツマキに言い放った。

「むろん拙者《せっしゃ》とてそうであると信じとうござる。ですが信じればこそ、なおさらその男の素性を確かめねばなりませぬ」

　冷静に答えるタツマキにイブキが詰め寄る。

「何者だ、その男とは……？」

　タツマキは一呼吸おいて静かに答えた。

「……谷《たに》の鬼十《きじゅう》」

「なッ……」

　声を漏らしたのはキドウだった。

　キリュウがチラリとキドウを見た。キドウは慌《あわ》てて口をつぐむが、タツマキはそれを見逃さなかった。

「やはり……この名前に覚えがおありのようでござるな」

　タツマキは一同を見た。

　キドウとキリュウは押し黙り、イブキも無言で眉をひそめている。

　一同の沈黙はタツマキの問いに対する答えとして十分であった。

　ただ一人わけがわからぬヒビキだけが、押し黙る一同の顔を不思議そうに眺めていた。

三之巻　弾かれる者

「はぁ……気持ちいい」

広がる青空に向かって大きく伸びをしたサキの頬を、心地よく吹き抜ける風が優しくなでていった。

「ね？　山の中とは全然違うでしょ。空だって森に遮《さえぎ》られないでパーッと開けて。景色だってホラ！　ズーッと向こうまで広がってるし」

「ああ……」

明るく話すサキとは対照的にヒビキは憂鬱《ゆううつ》そうに答えた。

「どうしたの？　あんなに山を降りたがってたくせに。楽しくないの？」

「え？　や、もちろん楽しいに決まってるさ」

と答えたあと、サキに聞こえぬようヒビキは小声でつぶやいた。

「……お前さえ一緒じゃなきゃな」

だが、そのつぶやきはサキに聞こえたようだ。

「何よ。私だって好きでついてきてるんじゃないのよ」

「あー、わかってる。わかってるって」

と、ヒビキは適当にあしらうが、サキはそのあしらい方がお気に召さないらしい。

「何よ？　その迷惑そうな顔？　どうせ一人のほうが気ままでいいとか思ってるんでしょうけど、お目付け役を押しつけられて迷惑してるのは私のほうなんだからねッ」

こういうときのサキに逆らうとあとがめんどうになることをヒビキはよく知っていた。

ヒビキは黙って観念したような顔をしてみせた。

「まったく私だっていろいろ忙しいんだから。ほんっと、イブキもよけいな仕事増やしてくれちゃって」

と、サキは少しふくれてみせたが、その顔はどことなく嬉《うれ》しそうだ。

(出たよ……サキのおせっかい顔が)

ヒビキはサキに気づかれぬよう改めてため息をついた。


ここは、街道筋。

イブキから谷《たに》の鬼十《きじゅう》暗躍の真偽を調べよと命を受けたヒビキは、吉野《よしの》を出て、タツマキから得た情報をもとに鬼十の隠れ家があると目される村へ向かっていた。

本来ならば、情報をもたらしたタツマキが同行すべきであるが、タツマキは魔化魍《まかもう》に受けた傷を癒やすため、しばらく吉野に滞在することになった。そこで代わりにサキがお目付け役としてつけられたのだ。

サキは、ヒビキと一緒に鬼の修行を積んできた幼なじみだ。

年の頃は十八、九。ヒビキより少し年下というくらいだろうか。その美しく愛らしい顔立ちからは想像しがたいが、彼女も〝佐鬼《さき》〟というれっきとした鬼であった。

鬼になる者には大きく分けて二つの種類がある。

一つは親が鬼であり相伝として受け継ぐ者。もう一つは魔化魍によって親兄弟を失い鬼に保護された者。イブキは前者にあたり、サキとヒビキは後者にあたる。吉野に住む子供はみな、幼いころから鬼になる修行が課せられる。そして一定の修行を終えると師匠となる鬼の元にふりわけられ、弟子となって鬼への変身術や音撃術《おんげきじゅつ》を学ぶのだ。

サキは、鬼の世界では珍しい女性の鬼であった。吉野で育つ少女の多くは鬼としての素養は学ぶが実際に鬼になる者はほとんどいない。だいたいは師匠に弟子入りすることなく寺に仕え、年頃になると鬼の男と契《ちぎ》りを結んで子を産むというのが常であった。

そんな中、サキは自ら鬼になることを熱望した希有《けう》な存在であった。ヒビキが聞いたところによると、サキは自分を育ててくれた吉野の人々の役に立ちたいと思っており、そのためには自らが鬼となって吉野の戦力になるしかない、そう考えたのだという。

実際のところサキが鬼として戦列に加わることはほとんどないが、その美貌《びぼう》と頭の回転の良さを重宝《ちょうほう》がられ、キリュウ指揮下で各地の情報収集におもむき、今では吉野一の密偵《みってい》となっていた。今回の任務に同行を命じられたのも、おそらく彼女の経験や知識が役に立つであろうという判断であるに違いない。

「イブキのヤツ……俺を信用してるのか、してないのかどっちなんだ」

軽快に歩くサキの背中を見ながらヒビキはつぶやいた。

「してないに決まってるでしょ」

サキが振り向かずに答えた。

（アイツは頭がいいんじゃない。耳がいいだけだ）

サキに聞こえぬようヒビキはつぶやいた。

ヒビキはサキがどうも苦手であった。

厳しい修行をこなして女だてらに鬼となり、吉野上層部の信頼も厚く、容姿端麗《ようしたんれい》のサキ。言うなれば彼女は、強く賢く美しい……よく出来た女であった。ゆえにあわよくばサキを将来の伴侶《はんりょ》にと秘《ひそ》かに願う若い鬼たちも大勢いる。だが、自由奔放《じゆうほんぽう》なヒビキにとって、そんな彼女に姉のごとく振る舞われ、世話を焼かれるのは堪え難いものがあった。


ヒビキは誰かに頭を押さえられるのが嫌いなタチだった。

ゆえに鬼のしきたりである師弟の関係にもなじめず、これまで誰の弟子にもならず独立《どくりつ》独歩《どっぽ》で修行してきた。幼いころは自分が強くなっていくのがただただ楽しく、イブキやサキと共にがむしゃらに修行に明け暮れた。だが一定の修行時期が終わり、弟子として誰かの元につかねばならなくなったとき、ヒビキの中に一つの疑問が芽生えた。

「何のために鬼になるのだろう……？」

自分はイブキのように親を継いで鬼になるわけでもなく、サキのように恩返しのために鬼になりたいわけでもない。ヒビキにとって鬼と関わりを持ったのはある種の偶然であるし、修行もあくまでその成り行きでしかない。ならば身につけた力を自分はいったい何のために使おうとしているのか……？

鬼の力は人々を魔化魍から守るために編み出されたものだ。しかし、昔と違い魔化魍が人家を襲うことはほとんどなくなり、鬼に指令を出すべき朝廷も今やその権力を完全に失っている。朝廷再起のときまで力を蓄えるというが、ひたすら山にこもって時勢をうかがい、時折山林を荒らす魔化魍を退治にでかけるくらいでは、厳しい修行に身を投じ己の人生を捧《ささ》げる甲斐《かい》もない。

以来、ヒビキは誰にも弟子入りすることなく、たった一人で修行することに決めた。そんなヒビキに「答えは師匠との修行の中で見つけるべきだ」とキリュウが諭したこともあった。だが、鬼に師事したところで鬼として当たりまえの見解しか得られない。ヒビキは自分で見つけたかった。たとえつまずいたり転んだりしながらでも、自分自身で探し当てた答えならきっと納得できる。そう思ったのだ。

タツマキを襲った魔化魍を倒した音撃も、じつはそんなヒビキが独自で編み出した珍しい型であった。音撃は、笛やほら貝のような「吹き鳴らす」型、もしくは、琴や三味線を

「弾き鳴らす」型の二つに大別される。この二つの型は魔化魍と距離をとって放つ遠距離型の技だが、ヒビキの音撃は、太鼓のように「打ち鳴らす」型……すなわち魔化魍の体に直接打ち込む……前の二つとはまったく異なる近接型の技だった。

「清めの音を打ち込むなら直《じか》のほうが強力に決まっている」

それがヒビキの考えだった。

だが鬼の誰もがこの技には眉をひそめた。魔化魍は危険な化け物である。鍛え抜いた鬼であってもその強力な爪や牙で体を裂かれれば命はない。だから魔化魍の攻撃を避け遠距離から音撃を放つのだ。あの屈強で豪気なキドウでさえ、ヒビキの技を「邪道《じゃどう》」として認めようとしなかった。

しかし、ヒビキは独自の修行の中で、新たな音撃を体得した。そして、この技を可能にすることはある意味、魔化魍の攻撃をかいくぐりながら音撃を繰り出すことができるヒビキの身体《しんたい》能力の高さを証明することともなった。

以来、古きしきたりの中で鬼の有り様《ありよう》を頑《かたく》なに守る吉野において、ヒビキは一種の変わり者として扱われてきた。師匠もおらず、弟子も持たない……一匹狼《いっぴきおおかみ》の鬼として吉野の中で独自の存在感を放っていた。

それゆえ吉野もヒビキを持て余していた。

本来ならば鬼のしきたりを破る者は破門となり、鬼の力を消されて下山を言い渡される。鬼の伝統を重んじるキドウは古来のしきたりに従い、ヒビキから鬼の力を取り上げようとしたこともあった。

だが、それを止めたのは、キリュウであり、鬼の頭目《とうもく》たる若きイブキであった。

イブキはヒビキよりもかなり年下だが、吉野を束ねる鬼を父に持っていたことから、年上のヒビキたちにまざって早いうちから修行に参加していた。元来大人びていたイブキは年上の者に対して臆することなく、それどころか熟練の鬼たちも驚くほどの早さで修行をこなしてゆき、頭目の血を引くとは何たるかをその小さな体で見せつけた。

そんなイブキに誰もが一目を置いたが、ヒビキだけは他の年下連中とわけへだてることなく弟のようにイブキをかわいがった。大人の鬼たちは頭目の息子たるイブキに対し丁重に接するようヒビキを諫《いさ》めたが、当のイブキ自身は自分を特別扱いしないヒビキを悪くは思っていないようであった。

イブキは口数が少なく、自分の思いをほとんど口に出さない。それゆえヒビキをどう思っているのか本当のところはわからない。だが少なくとも、ヒビキに対してなんらかの理解と興味を示していることは確かであろう。吉野の重鎮《じゅうちん》に何かにつけて目をつけられるヒビキの盾《たて》となり、事あるごとにさりげなく擁護するのは、歳の離れた幼なじみへの温情ともとれた。だが不運なことに、それがヒビキをつけあがらせる要因であると、吉野の重鎮たちがますますヒビキを煙たがる理由にもなった。


「ね、ヒビキ」

ふいにサキが振り返った。

（またからまれるのか……？）

ヒビキはため息まじりに「なんだよ」と返事したが、サキの表情が微妙に沈んでいるのに気づき、その顔を改めて見た。

サキは、沈む気持ちをヒビキに悟られまいとしてか、努めて明るい声で続けた。

「もし……もしもよ。鬼十って人が今も存在してて、鬼の力で悪事を働いてたらさ、やっぱり粛清《しゅくせい》することになるのかな？」

「だろうな。それが鬼祓《おにばら》いってもんだ」

『鬼祓い』……それは鬼の力を悪用する術法者《じゅっぽうしゃ》を粛清することである。谷の鬼十の暗躍が事実だった場合、ヒビキとサキはこの鬼祓いの令《れい》に基《もと》づき、鬼十を倒さねばならない。

「だよねぇ」

軽く返すサキだったが、その声にどこか複雑な思いが混じっていることは、ヒビキにもすぐにわかった。

　男勝りのサキといえど、さすがに戦う相手が自分と同じ鬼の一門とあっては、やはり戸惑いがあるらしい。

　ヒビキは続けた。

「ま、すべては会ってみてからだ。話して済むならそれでよし。相手が向かってくるなら倒すしかない。だろ？」

　こういうとき、妙に腹のくくった物言いをするのがヒビキという男だった。独立独歩できたせいか、割り切りが人一倍早く、よけいな迷いがない。

「だいたい鬼の力を消すだけで相手を殺すわけじゃない。それに鬼十って奴はとっくの昔に鬼の力を消されてるって話じゃないか。そんな奴が、鬼相手に刃向かってくるとも思えないがな」

　ヒビキはサキを安心させるつもりでそう付け加えたが、サキは「まあそうだけど……」と不安をぬぐいきれない様子だ。

「お前みたいになんでもまじめに考え込む奴にこの手の仕事は向かないな」

　少しからかうようにヒビキが言った。

「じゃ、誰なら向いてるのよ」

　と聞くサキに、

「弾かれ者には弾かれ者さ」

と、ヒビキは答え、自嘲《じちょう》ぎみに続けた。

「谷の鬼十は言ってみれば鬼から弾かれた輩だ。そんな相手には俺みたいな弾かれ者がちょうどいいのさ。でなきゃイブキだってこんな仕事を俺に押しつけたりしないって」

その言葉にサキがかみついた。

「そんな言い方やめて！」

サキの思わぬ語気の強さにヒビキは驚いた。

「イブキはそんなつもりでヒビキにこの仕事を託したんじゃないし、誰もヒビキのことを弾かれ者だなんて思ってないわよ」

サキはヒビキにそう言い放つとぷいと背を向けた。

（まったく。めんどうだなあ）

ヒビキにはサキが怒った理由がよくわからなかったが、どうせ自分がまた何かサキの癇《かん》に障ることを言ったのだろうとそれ以上は深く詮索しなかった。

改めて前を歩き出すサキの背を見ながら、ヒビキは深くため息をついた。

『弾かれ者』……。

サキと距離をとって歩くヒビキの心の中に、自分が発したその言葉がふと甦《よみがえ》ってきた。

思わず口をついて出た言葉だが、自分のことを言い得て妙だとヒビキは改めて自嘲ぎみに笑った。そして、タツマキから伝え聞いたもう一人の弾かれ者……鬼十という男の話を改めて思い出した。


谷の鬼十。

名前が示すとおり、その男はかつてキジュウと呼ばれた鬼であった。彼はキドウやキリュウと旧知の間柄であり、二十数年前、吉野で共に修行に励んだ、いわば同志であった。

鬼十は、少し変わった男だった。いや、独特の正義観を持っていたと言うべきか。彼もまたヒビキ同様、鬼のしきたりの中にあてはまらない独創的な男であった。

力なき者こそが力をいちばん欲しているはずだと考えていた彼は、鍛え抜かれた術法者だけが鬼の秘術を体得できることに異を唱え、鬼の秘術を利用し、身にまとえば誰もが鬼と同等の力を持つことができる『鬼の鎧《よろい》』を作りあげた。

だが、これが吉野の頭目の逆鱗《げきりん》に触れた。鬼の力は、自らの肉体を極限まで鍛え上げた者だけが手に入れることのできる秘伝である。術法者としての証、術法者の誇りそのものをみなに広く分け与えようとした鬼十は、鬼の掟《おきて》を破った者として力を封じられ、吉野から下山を言い渡された。そう、彼は、弾かれたのだ。

タツマキからもたらされた情報は、その後の彼の話であった。

数年前、タツマキはとある一団の暗躍を阻止すべく、奔走《ほんそう》していた。

その一団の名は……『血車党《ちぐるまとう》』。血車党は、徳川幕府の支配に反旗を翻し、自らの血をもってその意志を表し結束する闇の忍者集団であった。

彼らは『化身忍者《けしんにんじゃ》』と呼ばれる尖兵《せんぺい》を使い、幕府転覆のためさまざまな謀略と殺戮を繰り返した。

化身忍者とは、その名が示すとおり、「人が異形に化身した忍び」である。蛇、猿、狼……さまざまな獣に化身した残虐な忍びたちは、その力で人々を恐怖のどん底に叩《たた》き込んだ。

彼らはみな、特殊な外科手術によりその体に人的な細工を施されていた。そして改造を施した肉体に特殊な周波数を与えることで、その体を獣人化させることができた。

この秘術……『化身忍術』を血車党にもたらした男こそ、あの谷の鬼十であった。

吉野を去った谷の鬼十は各地をさまよい、自らの理想を形にできる場所を探し求めていた。そんな彼を拾ったのが血車党だった。

彼らが弱き民を守るために戦っているのだと信じ、その一員となった彼は、血車党の強力な後ろ盾と軍資金を元に、鬼の修行の中で培った知識を惜しみなく注ぎ込み、人の肉体を強化する新しい忍術の研究に没頭した。

だが、血車党の真の目的を知った鬼十は、自分がただ利用されていたことに気がつき、『化身忍術』の秘伝書を持って血車党を抜け出した。しかし、追ってきた血車党に秘伝書のすべてを奪われ、その命をも奪われたのであった。

血車党は化身忍者を使ってその後も暗躍を続けたが、タツマキらの活躍によって壊滅し、谷の鬼十が残した秘術のすべてはこの世から消え去った。

……はずだった。

が、最近になって、死んだはずの谷の鬼十がじつは生きているとの噂《うわさ》が流れはじめた。己の理想を成就すべく自らが党首となり、新たな血車党を結成したというのだ。

幕府は配下の伊賀忍群を使い、すぐさま噂の真偽を調べた。だが、鬼十の消息はいっこうにつかめず、その真相はいまだ闇の中にただようだけであった。

そこで幕府がたどりついたのが、鬼十がかつて鬼としてその身を置いていた吉野の存在であった。彼が編み出した化身忍術の源流が鬼の力であることを知った幕府は、伊賀忍群に吉野の探索を命じ、鬼十の手掛かりを得るため協力せよと、タツマキを密使として派遣したのだった。

鬼の力を悪用する者が、鬼の一門の中から出ることは絶対にあってはならない。それは鬼の伝統を汚す恥ずべき汚点である。

鬼十暗躍の報は、それがまだ噂といえども吉野を揺るがすには十分であった。吉野は鬼十の情報収集に全力を上げ、すぐさま各地へ鬼たちを派遣した。ヒビキとサキはその先鋒《せんぼう》であった。

「鬼十……」

ヒビキとサキが出立したあと、吉野でも鬼十に思いをはせている男がいた。

キドウである。

深い森の中にたたずむキドウの前には、古い小さな祠《ほこら》があった。

吉野の根拠地である晴明寺《せいめいじ》のさらに奥。深い森の奥に人目を忍ぶように建てられたその祠は、太いしめ縄で囲われ、厳重に封印が施されている。

しめ縄に手をかけ、封印された祠を静かに見つめるキドウの背中で声がした。

「奴のことを思い出していたのか」

キドウが振り返ると、キリュウが立っていた。

振り返ったキドウの目にはいつもの豪気さや荒っぽさはなく、その目にはどこか悲しげな陰が浮かんでいた。

その目を見ただけでキリュウにはキドウが何を考えているのかわかった。

「自分は間違っていたのではと思っているのか……？」

キリュウが続けた。

「そうは思っていない。俺は鬼のしきたりに従っただけだ。何も間違ったことはしていない」

鬼十から鬼の力を消したのは、キドウであった。鬼の伝統を体現するかのごとく生きてきたキドウは、鬼の道をはずれた友に自らの手で引導を渡すことこそ、友情の証であると考え、自ら鬼祓いを志願したのであった。

「だが……」

キドウは続けた。

「あのとき奴が何を考えていたのか、ときどきふと考えることはある」

キリュウは黙っていた。

二人は祠の中の暗がりに改めて目をやった。

中は暗く何も見えない。が、目が慣れてくると、暗がりの中に誰かが座っているような影がぼんやりと浮かびあがってくるのが見えた。

それは人ではなく、鎮座した形で安置された異形の鎧……鬼十が残した『鬼の鎧』であった。鬼十が作った禁断の鎧は厳重に封印され、この祠に安置されていた。

『鬼の鎧』……その物言わぬ目が、暗がりの中から静かに二人を見つめていた。

四之巻　吹き荒れる嵐

ヒビキとサキがやってきたのは、山の谷間に位置する小さな集落だった。が、集落といっても人の影はなく、焼け残ったとおぼしき黒くこげた家が数軒、谷間を吹き抜ける強い風の中でやっとの思いで建っているような有り様であった。

「山賊《さんぞく》にでも襲われたのか……」

ヒビキは吹きつける強い風に顔をしかめながら、かつて村があったらしいその場所を改めて見つめた。

「もしくはタツマキさんが言ってた『血車党《ちぐるまとう》』の仕業かも……」

サキは風に舞う長い髪を押さえながら、足下に落ちている黒く焼けこげた木片を拾いあげた。

「何にせよ、最近ってわけじゃなさそうね。こんな様子になってから、もう何年も経ってるみたい」

「じゃ、鬼十《きじゅう》もすでにいないってことか」

ヒビキが仕事を終えたかのような口ぶりで言った。

「逆よ」

サキが鋭く返した。

「人が寄りつかないところこそ身を潜めるには絶好の場所。こういう捨てられた村のほうがかえって怪しいわ」

(探索に長けたサキらしい推察だ)

と、ヒビキは思った。

「で、どうする？」

ヒビキの問いにサキが答えた。

「二手に分かれてこの村を調べましょ。家は表からだけじゃなくて、中や裏側も念入りに。何にもなさそうなところにこそ気をつけてね」

「鬼十がいなかったら無駄骨《むだぼね》だな」

ヒビキは少し皮肉っぽく言った。

「いないならいないでいいの。それを調べて報告するのが探索の任務よ」

サキはヒビキの背をパシッと叩《たた》くと、サッと走り出した。

「あ、それから！」

サキが振り返った。

「何か見つけたり誰かに会ったら勝手に動かないで私に知らせてね」

「ほぉーい」

「絶対によッ！」

ヒビキのいつもの軽い返事にサキの目がギロッと光った。

「あー、わかってるって」

「まったく……」

サキはため息をつきながら走り去っていった。

（ため息つきたいのはこっちのほうだ）

焼けた家の向こうに消えるサキを見送りながらヒビキもため息をついた。が、

（これでしばらくは一人でいられる。それがせめてもの救いだ）

と、気を取り直し、サキとは反対のほうに向かって歩き出した。


谷間の集落はさほど大きくはなかった。

二人で調べてもおそらく半日はかかるまい。家もほとんどが焼け落ち、人が潜めそうな建物もこれといって見当たらない。

（サキの推察はもっともだが、さすがにこれでは鬼十が隠れる場所はなさそうだな）

と、ヒビキは思った。

相変わらず風は強い。

集落が谷間に位置するせいか、吹き込む風は集まって猛烈な勢いを成し、時折ブワッと砂塵《さじん》を巻き上げ、巻き上がった砂粒が人気《ひとけ》のない集落を白く包みこむ。

砂塵に顔をしかめながら、ヒビキは集落の中をしばらく歩いていたが、ふと一つの瓦礫《がれき》

の塊《かたまり》に足を止めた。

そこは他に比べて大きな家が建っていた場所のようだった。ひときわ大きな焼けこげた木片が幾重にも重なり、乱雑に散らばっている。その木片の数と大きさが、元の建物の大きさを示しているように見えた。

(村長の屋敷だったのかもしれない)

ヒビキはそんなことをぼんやり考えながら瓦礫を一通り眺め、その脇を通り過ぎようとしたが、何かが気になってふと足を止めた。

(……変だ)

と、ヒビキは改めて瓦礫の塊を見た。

乱雑に散らばる木片の数とその大きさから、ここにあった建物が大きかったのであろうとはじめは思った。だが、いくら大きい建物があったにせよ、木片の量が少し多すぎる。

ヒビキは瓦礫の塊に近づき、焼けこげた木片に手をふれた。改めて近くで見てみると、重なり合う木片のこげ具合がそれぞれに違いすぎる。

(この塊はここにあった建物のものじゃない。崩れたあと、改めて集められたものだ)

ヒビキは、焼けこげた木片を一つ一つ手でどけ、人為的に作られたであろう瓦礫の山をかき分けはじめた。

ヒビキは自然の中で育った男である。自然に育った形、自然に朽ち果てた跡、自然の流れが作り上げた事象に対しては抜群の嗅覚《きゅうかく》がある。それゆえ、人の手が入った違和感を敏感に嗅ぎ取ることができた。

瓦礫を取りのぞく作業はそれなりに骨が折れたが、瓦礫の下の地面が現れると、ヒビキの勘は確信に変わった。そこには、板で塞《ふさ》がれた隠し扉があった。

「やっぱりな」

ヒビキは扉の取っ手に手をかけた。

扉は思いのほかすぐ開いた。建物が建っているときも床下に隠されていたのであろうが、それほど厳重に封印されていたというわけでもないらしい。もしかすると頻繁に使われていたものかもしれない。扉の下は長い縦穴になっているようで、土でかためられた階段が不気味な暗がりへと続いている。

（ちょっとした肝試《きもだめ》しだな）

こういうときに楽しくなってしまうのはヒビキの悪い癖だ。この先何が起こるかわからない、出たとこ勝負というときほど、ヒビキの野性はうずき、その勘も冴《さ》え渡る。

ヒビキが腰巻きから音撃棒《おんげきぼう》を抜き気合を込めると、その先がボウッと燃え上がった。

『何か見つけたり誰かに会ったら勝手に動かないで私に知らせてね』

音撃棒を松明《たいまつ》がわりに暗い洞穴に降りようとするヒビキの脳裏に、自分を睨《にら》みつけるサキの顔がチラッと浮かび上がった。

これは明らかに怪しい洞穴である。報告もせず一人で勝手に降りたりしたら、さぞかしサキは怒るに違いない。

ヒビキは、そんなサキの顔を想像し、小さく笑ってつぶやいた。

「怒られるのには慣れてる」

そして脳裏に浮かぶサキの顔を音撃棒に灯した炎でサッと振り払うと、小さく口を開けて待つ暗がりの中に身を沈めていった。


一方、サキは細い田んぼ道を歩いていた。

両脇に広がる田んぼには雨がたまってできた水たまりがいくつかあるものの、ほとんどの地面はひび割れて干上がっている。

(この集落にいったい何が……？　なぜ焼かれてしまったのかしら……？)

探索方としてさまざまなことを思いめぐらせながら、サキは枯れた田んぼの中を進み続けた。

そのとき、サキの足に何かが触れた。

いや、何かが触れているのではない。サキは田んぼにできた水たまりの中から不気味な手が伸び、自分の足をムズとつかんでいるのを見て声を上げた。

「何ッ⁉」

サキの足をつかむ手が、メメヌメと水をしたたらせて不気味に光りながらサキを水たまりの中に引きずり込もうとグイッと力を込めた。サキは抗《あらが》い、絡みつく手を自由な足で思い切り踏みつけた。

不気味な手はサキの足を離したが、今度は背後の水たまりからザバッと人のような影が飛び出し、サキをはがいじめにしようと襲いかかった。

攻撃をよけたサキの前に不気味な手がその全身を現した。しかもそれは一体ではなく、他の水たまりからも続々と湧き出てきた。

「ドロタボウ……」

サキは不気味な影たちを見てつぶやいた。

ドロタボウ。それは魔化魍《まかもう》の一種であった。身の丈は人と同じくらい、田んぼの中で育ち、集団で人を襲う。背格好は人と似ているが、皮膚全体がヌメヌメとした青黒い泥《どろ》と苔《こけ》で覆われ、その顔は水草のような植物で包み隠されており、表情はまったくわからない。

（一、二……全部で五体）

自分を囲むドロタボウを改めて見渡し、サキはジリッと身構えた。

五体のドロタボウが水草に隠れた口から一斉に泥を吹き出した。サキは泥をよけ高く飛び上がった。

ドロタボウの放つ泥は猛毒である。彼らは人間を猛毒で溶かし、人の成分が溶け出した泥を自らの滋養とするのだ。

当然サキはそのことを熟知していた。サキは空中で体をひねると、一体のドロタボウの頭を踏み台にしてさらに飛び上がり、包囲の外へと飛び出した。

(あれを浴びたらひとたまりもないわ)

サキはドロタボウと距離をとり、小さな鈴を目の前にかざした。

チリーン……。

美しい鈴の音があたりに響き渡る。

サキは着物を脱ぎ捨て、鈴の音に身を委ねた。鈴の音色に包まれたサキの白い裸身が桜色の神々《こうごう》しい炎に包みこまれた。

その神々しい炎の輝きにドロタボウたちが一瞬ひるむ。

「ハッ……!」

気合と共に桜色の炎が晴れると、そこには女の鬼が立っていた。サキは『佐鬼《さき》』へと変身した。

響鬼と同じく、その体は鉄のごとく光る皮膚に包みこまれ、顔には目も鼻も口もなく、歌舞伎の隈取《くまど》りのごとく赤い……いや、響鬼のそれよりは少し薄い、桜色の紋様が鮮やかに浮かび上がっている。が、姿形は響鬼に酷似しているとはいえ、高く盛り上がった胸や丸い腰には女性らしさが残っており、佐鬼の立ち姿には、鬼でありながらどこか可憐《かれん》で凛《りん》とした気品がただよっていた。

オォォ〜ン……！

鬼の出現にドロタボウが一斉に声を上げた。

集団戦を行うだけあって、ドロタボウは魔化魍の中でも知能が高い。佐鬼を餌から敵へとすぐさま認識を変え、新たな陣形を組んで佐鬼に襲いかかった。

先頭を走るドロタボウに重なるように他のドロタボウが後に続く。正面から見ると、それは一体のドロタボウが走ってくるように見えた。

先頭を走るドロタボウは陽動だ。敵が先頭のドロタボウに注意を奪われるすきをつき、その陰から躍り出た二体目のドロタボウが攻撃、敵がそれをかわしてもさらに後方に控えたドロタボウたちがとどめをさす……ドロタボウ得意の連続攻撃だ。

「まさかこんなところで魔化魍に出くわすなんて」

佐鬼は、腰に下げた『音撃鈴《おんげきすず》』を手にとり、構えた。

彼女の音撃武器は鈴である。その形状は、巫女《みこ》が礼式のときに使う神楽鈴《かぐらすず》に似ており、短い棒の先にはいくつもの鈴がつけられ、また持ち手の柄の先に色とりどりの五色の布が長く垂れ下がっている。

オォォ〜ン……！

ドロタボウの列が佐鬼に突進してくる。

佐鬼は音撃鈴を握りこみ、反対の手で柄から伸びた五色布《ごしきふ》に手を添えた。

先頭のドロタボウが佐鬼に襲いかかった。佐鬼はその攻撃をよけた。

が、攻撃をかわした佐鬼に、今度は一体目の陰から躍り出た二体目のドロタボウが猛毒の泥を吹きつけた。佐鬼は体をサッとひねり、まるで独楽《こま》がまわるようにその攻撃もスルリとよけた。

続いて三体目と四体目のドロタボウが同時に襲ってきた。だが、佐鬼は小さく体をたたむと、二体のあいだを小猿のようにクルリと転がり抜けた。

転がり抜けた正面に五体目のドロタボウが立ち塞がった。が、佐鬼は転がりざま立ち上がるとドロタボウが振り下ろす腕をかわして高く飛び上がり、逆にドロタボウの頭を蹴り飛ばして、その背後に着地した。

佐鬼はけっして攻撃力の強い鬼ではない。だが、その体には恐るべき俊敏《しゅんびん》さが備わっていた。身の軽さはおそらく吉野《よしの》随一。若くしてキリュウの右腕として抜擢《ばってき》されたのもこの俊敏さを見れば誰もが納得するであろう。

オォォオオン！

ドロタボウたちは攻撃をすりぬけられ、怒りの声を上げた。

「ハッ！」

佐鬼は振り向きざま、音撃鈴の柄についた五色布をドロタボウたちに振るう。

五色布はビュンとうねりながら、一本一本がまるで獲物を喰《く》らう蛇のように、それぞれのドロタボウの顔にグルンと巻きついた。視界と口を塞がれ、ドロタボウたちがフガフガと暴れ回る。

「これで毒はもう吐けないでしょう」

佐鬼はそう言って、音撃鈴から五方向に伸びる布に気を送った。布がさらにドロタボウたちをきつく締め上げた。

……ォ～ン！　……ォ～ン……！

巻きついた布の下でドロタボウたちが哀れな声を上げた。

「とどめよ」

佐鬼は音撃鈴を頭上に構え、巫女がそうするように大きく鈴を振り鳴らした。

チリチリチリチリチリ……。

気高く麗しい音撃鈴の音色があたり一面に響き渡る。

その音色が五色布をつたい、ドロタボウたちの体を激しく震わせる。

……ォォォ……オオオンッ！

ドロタボウたちがひときわ苦しげにうめく。

これが佐鬼の音撃だった。音撃鈴の柄につないだ五色布で敵をからめとり、鈴から発した清めの音を布につたわせて敵に注ぎ込む……鳴り響く鈴の音はどこまでも上品で、鈴を中心に広がる五色布は可憐に開く花のようだが、その美しさからは想像できないくらい佐鬼の放つ清めの音は強力な音撃だった。

チリチリチリチリ……！　チリチリチリチリチリチリ……！

佐鬼がさらに激しく鈴を振る。

……ォォオンッ！　……ォォオンッ！　……ォォオンッ！　……ォォオンッ！

……ォォオオンッ！

顔を塞がれた五体のドロタボウが、それぞれにあがきもがく。

「私にちょっかいを出した罰よ」

オオオオオオオオオオオオオオオオオオオオオオオオオオオーンッ！

清めの音を存分《ぞんぶん》に叩き込まれ、ドロタボウたちは断末魔《だんまつま》の鳴き声と共に木《こ》っ端《ぱ》微塵《みじん》に吹っ飛んだ。魔化魍は四散し、元の土塊《つちくれ》へともどった。

（ドロタボウは夏に出現する魔化魍のはずなのに……それがなぜ今ごろ？　やはりこの集落には何かある）

と、そこまで考えて、佐鬼は来た道をハッと振り返った。

（ヒビキの身に何か起こっていなければいいのだけど……）

ヒビキと別れた方角を見つめるサキの瞳に不安の色がみるみる広がっていった。

ヒビキは目の前に広がる光景を眉をひそめながら見渡していた。

さきほど降りていった縦穴の終わりにあったのは、隠し部屋だった。部屋の天井は人が立てば手が届く程度の高さしかなく、さほど広くはない。

が、ヒビキが眉をひそめたのは部屋の狭さのせいではなかった。それは、その部屋にただようおびただしい血の匂いだ。匂いは血だけではない。ありとあらゆる薬草や植物、他に獣のものらしき匂いも混じっており、地下にあるこの不思議な部屋は、生と死の匂いが入り混じる……一種異様な混沌《こんとん》とした雰囲気を醸《かも》し出していた。

（鼻がひんまがりそうだ……）

山育ちで鼻のきくヒビキにとって、さすがにこの匂いは強烈すぎた。ヒビキは顔をしかめて鼻をつまみながら、音撃棒に灯した炎で改めて部屋の中を照らし出した。

部屋はきれいにかたづけられ整然としていたが、おびただしい血の匂いがする部屋ではかえってそれが不気味でもあった。

部屋の真ん中には、長い台のようなものが置かれていた。それは人が横たわるのにちょうどいい大きさで、よく見ると台に敷かれた布に人の形のように黒ずんだシミがある。

壁には人の体を模した大きな絵図面が描かれた掛け軸がかかっており、脇に置かれた棚には大小さまざまな壺《つぼ》が置かれている。どうやらいろいろな薬草の匂いは、この壺からただよっているようだった。

（ここは医者の家だったのか……？）

薬草の壺をのぞきこみながらヒビキは思った。

（にしては血の匂いがひどすぎる……。それに医者の家なら、けが人を診るためにどうして秘密の部屋が必要なんだ？）

部屋にただようおびただしい血の匂いは、この場所で多くの血が流れたことを意味している。しかもその血は人間だけのものではない。鳥や狼《おおかみ》、いろいろな獣の血も混ざっている。山育ちで鼻のきくヒビキにはそれがわかる。わかるがゆえにこの部屋の正体がますますわからなくなっていた。

ヒビキは、この部屋の正体を探ろうと棚の隅に積まれた巻物をいくつか広げてみたが、それはどれも動物の絵とその生態が書き記されたものばかりで、これといって変わった文献は見つからなかった。

最後に手に取った巻物には大きな鷹《たか》の絵が描かれていた。とくに他のものと変わらないとヒビキは巻物を閉じようとしたが、脇に書かれてある文字にふと目を留めた。

「鬼文字……？」

鬼文字とは、吉野の鬼たちが用いる特殊な文字のことである。今となってはあまり使われることはないが、古くは鬼の秘術を書き記すために使われ、鬼以外の者では読むことができない、一種の暗号のようなものだ。

（何が書いてあるんだ）

ヒビキは改めて内容を読もうと巻物に目をこらした。

そのとき、壁にかかった掛け軸がかすかに動いた。

（………？）

ヒビキは一瞬気のせいかと思ったが、しばらく見ていると、掛け軸がかすかではあるが確かに揺れている。

（風……？）

ヒビキは人の絵図面が描かれた大きな掛け軸をはずしてみた。

すると、掛け軸の裏に人が通れるくらいの穴が開いており、さらにその奥には新たな抜け道が続いていた。

（まいったな。まだまだ入り口ってことか……）

ヒビキはため息をつきながら巻物を懐にしまうと、その抜け穴に足を踏み入れていった。

ヒビキの身を案じ、来た道をもどろうとする佐鬼の背中で突然声がした。

「おもしろい術を使うようだな」

佐鬼は驚いて振り向き、身構えた。

目に入った人影に一瞬ドロタボウが甦《よみがえ》ったのかと思ったが、人影はドロタボウではなく、青い忍び装束に身を包んだ若者であった。

(忍び……?)

佐鬼は警戒したが、男には忍びと言うには妙に毅然《きぜん》とした雰囲気があった。顔を覆面で隠すでもなく、立ち姿も武士のごとく堂々とし、首に巻いた赤い布が風にたなびく様は、幾多の死線をくぐりぬけた者だけが持つ貫禄《かんろく》のようなものさえ感じられた。

歳はヒビキより少し上くらいだろうか。落ち着き払ったその顔は精悍《せいかん》で凛々《りり》しく、まっすぐにこちらを見つめる瞳の輝きは、若者の聡明《そうめい》さを十分すぎるほどに示していた。

だが、その瞳の奥が警戒心に満ちていることも佐鬼にはすぐにわかった。

(……鬼の姿を見られた)

佐鬼はしまったと思った。

やましいことは何一つない。しかし、異形のこの姿をいたずらに人に晒《さら》し、よけいな刺激を与えて騒ぎを起こすべきではない。ここはすばやく身を隠すべきだと佐鬼は考えた。

が、その考えとは裏腹に、この若者からただよう不思議な圧迫感に身動きがとれないのもまた事実であった。

（この男……いつの間に私のうしろに？）

ドロタボウを倒すまで佐鬼の視界には誰もいなかった。なにせまわりは見渡す限りの荒れた田んぼである。若者が戦いを見ていたというなら、少し離れた林の中に潜んでいたということになるが、彼が近づく気配はまったくというほどなかった。耳のよい佐鬼なら若者の足音くらいはたとえわずかでも聞き取れたはずだ。そのことから、若者が只者《ただもの》でないことは佐鬼にも容易に想像できた。

「どうした？　口がきけないわけでもあるまい？」

忍び装束の若者が佐鬼に再び声をかけた。

（ここは姿を消したほうが賢明みたいね）

サキがそう思った瞬間、ひときわ大きく吹き込んだ谷風がボワッと大きな砂埃《すなぼこり》を舞い上げ、二人のあいだをまたたく間に白く覆いつくした。佐鬼は砂埃にまぎれ、若者に背を向け駆《か》け出した。

バサッ！

佐鬼は大きな鳥が飛び立つような音を聞いた。いや、聞いた気がした。

次の瞬間、駆けている佐鬼の前に突然若者の姿が現れた。佐鬼は驚いた。若者は恐るべき跳躍力で佐鬼を飛び越え、彼女の前に舞い降りたのだ。

（この男、やはり只者ではない……）

佐鬼は風にたなびく若者の赤い布を見つめ、身構えた。

「俺を見て逃げるとは……やはりお前は血車党か」

若者が静かに言い放った。

(血車党を知っている!? ならば谷の鬼十の手掛かりがつかめるかも……!)

そう思った佐鬼は若者に話しかけようとした。が、佐鬼が口を開くより早く、若者が背中に背負った刀をスラリと引き抜いた。

「覚悟……!」

若者が振り下ろす刀をかわし、佐鬼はうしろに飛びのいた。

(早い……!)

なんとかよけられはしたものの、若者の返す刀が間髪入れず斬りあげてくる。

佐鬼は次の手をかわすため、大きく飛び上がった。

(これでは話すヒマがないわ)

が、飛び上がった佐鬼を追いかけるように、若者もまた大きく飛び上がった。しかも佐鬼をさらに飛び越え、より高く……!

(そんな……!)

驚く佐鬼めがけ、上空から若者が襲いかかった。

空中で上を押さえられては不利である。さすがの佐鬼も、今度ばかりは若者が斬り込む刀をよけ切れず、音撃鈴でかろうじて受け止めた。

だが、若者の力は予想以上に強かった。若者は、刀を止めた音撃鈴ごと佐鬼を力任せに振り払った。

「アアッ！」

空中で大きく体勢をくずした佐鬼はそのまま落下し、地面に思い切り叩きつけられた。

「……ゥ……ウウッ……」

佐鬼は立ち上がろうとした。が、全身を強く打ち、体の自由がきかない。

鬼に変身し体を鋼の皮膚で覆っているとはいえ、あの高さから叩き落とされてはひとたまりもない。衝撃で術は解け、佐鬼の体はサキへともどった。荒れた大地の上に、苦しげに肩で息をするサキの美しい裸身が現れた。

だが、サキのそばに降り立った若者は、彼女の美しい白い背中を見ても眉一つ動かさなかった。

「……女といえど、お前が化身忍者《けしんにんじゃ》ならば容赦はしない」

若者は痛みに揺れるサキの白い背中めがけ、大きく刀を振り上げた。

そのとき……！

ボウッ！　という豪快な音と共に、炎の弾が猛烈な速さで若者めがけて飛んできた。

若者はとっさによけた。

続いて二発、いや三発。

大きく飛びのく若者めがけ、燃え上がる音撃棒を右手に構えたヒビキが突っ込んできた。

「たあッ！」

ヒビキは音撃棒を振り回し、新たな炎の弾を放った。

炎の連弾が再び若者に襲いかかる。

若者は刀を風車のように振り回すと、向かってきた炎の連弾を弾き飛ばし、目の前に走り込んできたヒビキと間合いをとった。

「サキ！　大丈夫か！」

ヒビキは若者を牽制《けんせい》しながら倒れているサキに声をかけた。

「ヒビ……キ……」

サキが痛みをこらえながら体を起こす。

「動かなくていい。ジッとしてろ」

ヒビキはサキの無事を確かめると、自分の着物をサッと脱ぎ、彼女の体にかけた。

「どうしてここに……？」

「もぐらが俺を導いてくれたのさ」

ヒビキは冗談めかして答えた。

ヒビキが入った掛け軸の裏の抜け穴は、外へ出るための抜け道だった。おそらくあの不気味な部屋を使っていた者が秘密の出入り口として使っていたのだろう。抜け道は田んぼの脇にある小さな涸れ井戸につながっており、ヒビキはその井戸から外へ出たところで、若者に追いつめられ変身が解けるサキの姿を目撃したのだ。

「そんなことよりだ……」

ヒビキは改めて若者を睨みつけた。

「サキをずいぶんかわいがってくれたみたいだな」

ヒビキの目にいつもの優しさはなく、その目は怒りにあふれている。

「女の仲間か……？」

若者はヒビキの問いに答えず、聞き返した。

「そうだ」

ヒビキは答えながら、若者の目に明らかな敵意を感じ、音撃棒を握る手に力を込めた。

サキがヒビキのうしろから告げた。

「気をつけてヒビキ。この男、鬼の力と互角に渡り合えるほどの手練《てだれ》よ。それに……血車党を知っている」

「なるほど。それで血車党を調べるサキを襲ったってわけか」

合点のいったヒビキは改めて若者に問うた。

「お前も血車党か？」

「かつてはな」

「かつてとはどういう意味だ？　お前はいったい何者だ？」

さらに問いつめるヒビキに若者は毅然として答えた。

「俺の名はハヤテ……谷の鬼十の息子だ」

ヒビキとサキは思わず目をあわせた。

谷の鬼十の息子。その男……ハヤテと名乗る若者は確かに言った。鬼十を探し、その息子に出会うとは。

「それだけ話せば、お前たちには十分だろう！」

ハヤテはそう叫ぶとヒビキに斬りかかった。

ヒビキは音撃棒でハヤテの刀を受けた。

（サキの言うとおりだ）

ヒビキは、斬り込みの早さと音撃棒をギリギリ押し込んでくる刀の重みにハヤテの確かな腕を感じ取った。

ヒビキは、渾身《こんしん》の力でハヤテの刀を弾き返し、音撃棒から炎を放ってハヤテを追った。

ハヤテが大きく飛び退いたすきに空いている手で音叉《おんさ》を取り出したヒビキは、二股に分かれた音叉の先を音撃棒に打ちつけた。

キィィィィィン……。

緊張感のある……それでいてどこか清らかな音色が音叉から響き渡る。

ハヤテは反射的に身構えた。

不思議な音色を奏でる音叉を額にあてたヒビキの体からボウッと青白い炎が立ち上る。

炎の塊となったヒビキはハヤテに向かって一直線に突っ込んでいった。

「ハアッ！」

気合の声とヒビキの体を包む紅蓮《ぐれん》の炎が龍《りゅう》のごとく激しくうねり、巨大な炎の渦となってハヤテに襲いかかった。激しい熱気に耐え、ハヤテは襲い来る炎の渦を切り裂いた。

が、裂かれた炎の向こうからさらに、鬼となったヒビキ……響鬼が突っ込んできた！

「やはりこいつも……！」

響鬼を見るハヤテの目が明らかな敵意の色に変わった。

「タアッ！」

気合の声と共に響鬼が音撃棒を打ち込んだ。ハヤテのすばやい刀さばきで音撃棒は弾かれるが、響鬼は抜き放った二本目の音撃棒を続けざまにハヤテに振り下ろした。

だが、ハヤテの動きは想像以上に早い。ハヤテは二打目も難なくかわし、返す刀で真っ向に振り下ろした。響鬼は二本の音撃棒を十字に合わせ、かろうじて刀を受けとめた。

刀をグイと押し込んだハヤテが、音撃棒の向こうの響鬼に顔を近づけて言った。

「その程度の動きでは俺は倒せん」

そのとき、赤い隈取りに覆われた響鬼の無機質な顔の口の部分が突然開いた。

ボオオオオッ！

開いた口から吹き出す猛烈な炎が、ハヤテの顔面に熱くからみつく。

「何ッ⁉」

意表をつく響鬼の攻撃にハヤテがひるんだ。すかさず響鬼がハヤテに強烈な蹴《け》りを喰らわせる。蹴りを喰らって体勢を崩したハヤテは、響鬼と間合いをとった。

「意外とやるようだな」

と、ハヤテは改めて響鬼を見た。

「お前こそ。ただの忍びのわりにはよくやる」

響鬼も改めて身構えた。

「ただの忍びか……」

と、ハヤテはフッと口元を緩ませた。

「俺がただの忍びかどうか……その目でとくと確かめるがいい」

ハヤテはそう言うと背中の鞘《さや》に刀を収め直し、胸の前で印《いん》を結んだ。

「吹けよ嵐！　……嵐！　……嵐！」

そう叫びながら印を結ぶハヤテのまわりに突風が巻き起こり、どこからともなく無数の鳥の羽根が吹き込んだ。

（何を起こそうというんだ！？）

警戒する響鬼の前で、印を解いたハヤテが鞘から刀を引き抜いた。

引き抜いた刀が竜巻《たつまき》を受けて振動し、奇妙な音色を奏で出す。

キュィイイイイン……！

奇妙な音色に導かれるように無数の羽根はハヤテの体を包みこみ、次の瞬間、羽根に包まれたハヤテの体から眩《まぶ》しい光が放たれた。

光の眩しさに響鬼は思わず目を覆った。

光が晴れると、そこにハヤテの姿はなく、立っていたのは……全身が羽根に覆われた異形の男だった。

男の顔は獰猛《どうもう》な鳥に酷似していた。カッと見開いた目は獲物を狙う鷹のごとく、長く伸びた口元は鷹のくちばしそのものであり、赤い羽織をまとったその体は、全身銀色の羽根で覆われ、腕と手は猛禽類《もうきんるい》のそれと同じくかたい皮膚に鋭い爪が生えている。……男の姿は、まさに鷹の化身であった。

「変身忍者《へんしんにんじゃ》嵐《あらし》……見参《けんざん》！」

紫に変色した首巻きを風にたなびかせた異形の男が名乗りを上げ、改めて刀を構えた。

「変身……」

響鬼が思わずつぶやいた。

嵐は、先のハヤテがまさに『変身』した姿だった。ハヤテは響鬼と同じく異形の者に変身する力を備えていたのだ。

「行くぞ！」

ハヤテ……いや、変身忍者となった嵐が大きく空を飛んだ。

ハヤテこと嵐は鷹の化身である。彼の跳躍力やすばやさは、彼に備わった鷹の能力に起因するものだ。

（タツマキの言っていた『化身忍者』とはこいつのことかもしれない）

未知の敵を前にし、響鬼の中に改めて緊張が走った。

響鬼の頭上をとった嵐が響鬼に狙いを定める。

「忍法《にんぽう》……羽根手裏剣！」

嵐の体を覆う羽根がブワッと逆立ったかと思うと、それは無数の手裏剣となって響鬼に降り注いだ。対する響鬼は口から炎を吐き、降り注ぐ羽根の雨を焼き払う。

その炎を刀で斬り裂きながら嵐が急降下してくる。響鬼は右に転がり攻撃をよけた。

（こいつは魔化魍じゃない……ってことは、清めの音を叩きこんでも倒せる相手じゃないな）

響鬼は音撃棒に気を込めた。

「ハッ！」

音撃棒の先に燃え上がった長い炎が石のように固まり、鋭い剣に変化した。

それにひるむことなく嵐は鋭く刀を繰り出した。

響鬼の力強い二刀流と嵐のすばやい刀さばきが激しく火花を散らす。かわしては受け、受けてはかわし……互いに譲らぬ一進一退の攻防が続く。

ガキン！

ひときわ激しく互いの武器を打ち合った響鬼と嵐は間合いをとった。

（目の前の異形の男は本気で俺たちを殺そうとしている）

嵐と刃を交えた響鬼にはそれがわかった。

だが、攻撃の激しさとは裏腹に嵐の刀には非情さや残虐さは感じられなかった。逆にその太刀筋からは、何かを背負った……どこか責務を果たそうとも言うべき強い信念のようなものが感じとられた。

（もしかするとこいつは悪い奴ではないのかもしれない）

響鬼は身構えながらそう思ったが、彼の信念がどうあろうとむざむざやられるわけにはいかない。

響鬼はサキをチラと見た。響鬼がかけた着物を羽織ったサキは、痛む体をなんとか起こし、不安げな表情で戦いを見つめていた。

（俺に何があろうともサキだけは守り抜かねば……）

そのとき、嵐の構えが変わった。

嵐は逆手に構えた刀を響鬼に向かって大きく突き出し、ゆっくりと回しはじめた。

両手に持った炎の剣を大きく構え直し、響鬼は身構えた。

嵐が回す刀に響鬼の影が映し出される。響鬼は次の攻撃に備えながら、嵐の刀に映る自分の影を目で追った。

それを待っていたかのように、嵐がカチャッと刀の角度を変えた。変えた瞬間、影を映していた刀に日の光がキラッと反射した。まぶしい光が、刀身に映る影を追っていた響鬼の目を直撃した。

「ウッ……！」

響鬼は目を押さえて一瞬ひるんだ。

刀身に敵の影を映し、間合いを測って光を浴びせ、視界を攪乱《かくらん》し斬り込む……それは、嵐の忍法の一つだった。

「忍法……影映《かげうつ》し！」

響鬼の視界を奪った嵐が走り出した。

「危ないヒビキ！」

サキが思わず叫んだ。

その声に響鬼は身構えるが、光をまともにくらった目はまだ嵐を捉えられてはいない。

嵐は響鬼のふところまで飛び込むと、

「覚悟！」

と、大きく刀を振り上げた。

そのとき……！

飛んできた手裏剣がガキンと嵐の刀を大きく弾いた。刀を弾かれた嵐は、手裏剣の飛んできたほうを見た。そこには手ぬぐいで顔を隠した忍びが立っていた。

「斬ってはなりませぬッ。その男、ヒビキ殿は敵ではござらんッ」

手ぬぐいをとりながら叫んだその顔は、ヒビキたちを追ってきたタツマキであった。

「お前は……！」

嵐が思わず声を上げた。

「嵐殿……いや、ハヤテ殿、お久しぶりでござる」

タツマキはハヤテの旧友であった。

そしてこれが、二人にとって数年ぶりの再会であった……。

五之巻　語る過去

「すまなかった、サキ殿」

ハヤテが頭を下げるのは、これでもう五度目である。

その姿は、さきほどの荒々しい鷹《たか》の化身《けしん》から普通の青年へともどっていた。

「もうやめてください。そんなに謝ってもらっちゃうとなんだか私のほうが申しわけなくて」

そう答えるサキ、そしてヒビキもすでに人の姿にもどり、着物を着直していた。

タツマキが嵐《あらし》と響鬼の対決に割って入ったあと、タツマキからヒビキたちの素性を聞かされた嵐ことハヤテは、即座に刀を引き、変身を解いた。

旧知であるタツマキの言葉を信頼したのだろう。彼は素直に自分の過《あやま》ちを認め、ヒビキたちに深く詫《わ》びた。

「さ、頭を上げてください。悪いのはお互いさまなんですから」

サキが頭を下げたままのハヤテに声をかけた。

「お互いさまって、勝手に仕掛けてきたのはこの男のほうだろうが」

とヒビキが口をはさんだが、

「黙って。ヒビキが割り込むと話がややこしくなる」

とサキにぴしゃりと制された。

サキは、ハヤテの清々しいほどまっすぐな謝罪ぶりが気にいったらしい。さっきまで戦っていたことを忘れたかのごとく、ハヤテという男にすっかり気を許しているようだ。

（おいおい。助けてやったのに、まるで俺が悪者みたいじゃないか）

ヒビキはおもしろくなかった。

ハヤテがヒビキを擁護した。

「いや、ヒビキの言うとおりだ。素性をはっきり確かめもせず、一方的に斬りかかった俺に非がある。そのせいでサキ殿に恥ずかしい思いもさせてしまい……本当にすまなかった」

ハヤテがもう一度頭を下げた。

「だーかーらー」

サキは、再び頭を下げるハヤテを見ながら、少し笑った。

（生真面目にもほどがある）

ヒビキは軽くため息をついた。

（サキにはこういう男がお似合いだ）

という言葉が思わず口をついて出そうになったが、サキに切り返されるのもめんどうなので、ヒビキはその言葉を胸の奥に飲みこんだ。

何度も詫びるハヤテを見かねたタツマキが口をはさんだ。

「ハヤテ殿。サキ殿もこう言っておられるのだから、もうよいではござらんか。拙者《せっしゃ》もヒビキ殿の変身を初めて見たときは、また『やつら』が現れたのかと驚いたでござる。鬼の存在を聞かされていなければ、ハヤテ殿と同じように襲いかかっていたでござろう」

ハヤテが顔を上げ、

「いや。本当に二人にはすまないと思っている。『やつら』がこのあたりに出没したという噂《うわさ》を聞いていたので、すっかり『やつら』だと思い込んでしまったのだ」

と、バツが悪そうに笑った。

「じゃ、誤解がとけたところで」

と、サキが仕切り直した。

「詳しく聞かせてもらってもよいですか？　……『やつら』のことを」

サキはハヤテとタツマキを改めて見た。

二人が話す『やつら』というのは、血車党《ちぐるまとう》のことである。サキたちが追う谷《たに》の鬼十《きじゅう》と深くつながりがあると言われる闇の集団だ。

「そして……谷の鬼十のお話も」

サキがまっすぐハヤテを見つめた。

「よかろう」

ハヤテは語りはじめた。

ハヤテは、先の戦いの中で自身が告白したとおり、谷の鬼十の息子であった。

父のすすめで血車党に入った彼は、そこで忍術の修行を積んだ。

谷の鬼十もハヤテもはじめは血車党に心酔していた。弱き者を守るために己の持つ力のすべてを注ぐ正義の集団だと信じて疑わなかった。

だが、真相は違っていた。血車党は幕府転覆を目的とし、そのためにさまざまな謀略と殺戮を繰り返す悪の忍者軍団であった。

谷の鬼十がそれに気がついたときはすでに遅く、『化身忍術』の秘伝書をまとめあげ血車党のために化身忍者を次々と作り上げたあとだった。

鬼十は、血車党に利用された己のうかつさを嘆き、犯した過ちの大きさに心を痛めた。

（心のすきにつけいられ善悪の判断を見誤ってしまった。このままでは、天下太平の世は、私が生み出した化身忍者によって蹂躙《じゅうりん》されてしまう……）

そんな鬼十の気持ちを知り、立ち上がったのが息子のハヤテであった。

「私を化身忍者にしてください」

ハヤテは自ら化身忍者になることを志願した。

谷の鬼十は拒んだ。

化身忍術を施す手術には激しい苦しみと痛みがともなう。場合によっては、その痛みに耐え切れず死んでしまうことも少なくない。

それでもハヤテは断固として食い下がった。

「化身忍者を倒すには、奴らと同じ力を持つしか方法はありません！　父上が作り上げた力が悪業に使われるなど私は許せない。力は弱き者を助けるためにあるという思いは、私とて父上と同じ。この私が化身忍者となり奴らの暗躍を阻止することでしか、化身忍術という力の真の在り方を証明することはできません」

息子の熱意は父を動かした。

自らの息子に苦痛をともなう手術を施すのは、鬼十とて断腸の思いであっただろう。

だが、ハヤテは耐えた。

鬼十がハヤテに与えたのは鷹の力だった。

鷹は、鬼十にとってひときわ思い入れのある生き物だった。

鬼十は、ヒビキと同じように子供のころに魔化魍《まかもう》に親を殺され、吉野《よしの》に引き取られた……いわゆる孤児であった。

生まれつき体が弱かった鬼十にとって、鬼の修行は非情で厳しいものだった。だが吉野で育つ者は、鬼の修行をする以外に身を置く術はない。

吉野にいた若いころの鬼十は一人でよく泣いていた。

だから、山の頂に上り、大空を見上げて一人で夢想するのが、修行のつらさを紛らわせる彼の唯一の楽しみだった。

そのとき、決まって空には鷹が飛んでいた。

鬼十は、大きく弧を描き、力強く大空を自由に飛びまわる鷹の姿に心を奪われた。

(自分もあの鷹のように力強く自由に飛びまわりたい)

そして思いめぐらせた。

(自分のように体の弱い者でも人を守りたいと願う者は大勢いるはず。ならば、我らのような者でも自由に扱うことができる力や技を編み出すことはできないだろうか)

平和になったとはいえ、この世は力を誇示する武士が治める世の中である。そして、魔化魍のように人智《じんち》を越えた力が不条理に人の命を奪う。

力の弱い者、体の弱い者、立場の弱い者は、不条理な力の前にひれ伏すしかない。弱い者が力を持つため鍛えようともままならない、またはそれが許されないというのが、この世の現実だ。

自分と同じように強い心を持ちながら弱きを強いられる者が、その心と同じくらい強い力を持つことができれば、世の不条理な力に屈する必要はなくなるはず……鬼十の思いはいつしか信念へと姿を変え、彼の行動原理となった。

そしてその信念が、力を得るため自らを鍛えるという鬼の修行とは別の道……纏《まと》えば力が数倍となる『鬼の鎧《よろい》』の開発や、人の肉体に野獣の属性を憑依《ひょうい》させる化身忍術の研究に彼を没頭《ぼっとう》させることになった。

が、皮肉なことにその信念は血車党の野望に利用され、人々を恐怖に陥れる化身忍者を多数生み出す結果をもたらした。

ハヤテの手術を終えた鬼十は、これ以上化身忍者を生んではならぬと、『化身忍術』の秘伝書を持って血車党を抜け出そうとしたが、その動きは血車党に察知され、秘伝書のすべてを取り上げられたあげく、その命を奪われた。

古きしきたりに弾かれ、悪に利用された不遇《ふぐう》の男……それが谷の鬼十であった。

そんな父の無念を晴らすべく立ち上がったのがハヤテであった。

化身忍術によって鷹の化身となったハヤテは、『変身忍者嵐《へんしんにんじゃ》』と名乗った。

化身忍者ではなく、変身忍者と名乗ったのは、化身忍者の名を悪の尖兵《せんぺい》として世に送り出した血車党への怒りと、父の偉業に対する敬意からに他ならない。

化身忍術は他者を蹂躙するためにある力ではけっしてない。力弱き誰かのため、弱き者を守るため己を越えた何者かに変身する正義の忍び……それが化身忍者の本来の姿である。

変身忍者の名には、そんなハヤテの思いが込められていた。

(父の偉業を悪用し、化身忍者の名を汚す血車党は絶対に消さなければならない)

ハヤテは強い使命感を胸に、変身忍者嵐となって暗躍する化身忍者を次々と倒し、長い戦いの果て、ついに血車党を壊滅させたのであった。

血車党を壊滅させたというタツマキの偉業は、じつは嵐の活躍によるものであった。

幕府の命を受けた伊賀忍群から派遣され、血車党を探索していたタツマキは、化身忍者の返り討ちにあい、あわや命を落としそうになった。

それを救ったのが、変身忍者嵐ことハヤテだった。以後、タツマキはハヤテに協力し、共に力を合わせ、血車党の謀略を次々と叩《たた》きつぶしていった。

血車党を壊滅させたハヤテは、その手柄をタツマキに譲り、自らは更なる戦いの旅へとおもむいた。

「私の仕事は、父の名を汚す化身忍者をこの世からすべて消すこと。諸国に散らばる血車党の残党と化身忍者を倒すまで私の戦いは終わらない」

そう言ってタツマキの前から姿を消したハヤテは、一人諸国を旅しながら化身忍者狩りに身を投じ、己に課した使命をまっとうすべく孤独な戦いの日々を送っていた。


「そんなお前がどうしてここに？」

話を終えたハヤテにヒビキが尋《たず》ねた。

「妙な噂を耳にしたのだ」

と、ハヤテは答えた。

「死んだ父が生きているという噂だ。そして、己の理想を成就すべく新たな血車党を結成し、その党首となっている……と」

「それは我々が聞いた噂と同じでござるな」

と、タツマキが言った。

「なら、お前の親父はホントに死んでいるというわけだな」

そんなヒビキのぶしつけな質問を「ちょっと」とサキが制止したが、

「父上は俺の腕の中で息絶えた。息子の俺が見間違えるはずがない」と、ハヤテは冷静に答えた。

ヒビキは「そうか」と小さく言って、

「なら、噂を聞いてここに来たわけはなんだ？」と、再び尋ねた。

ハヤテは答えた。

「父が生きているならここにいるはずだと思ったのだ。ここは吉野を追われた父が流れ着いた場所であり、俺が生まれ育った場所。……そして、化身忍者が生まれた場所でもある」

その答えに、ヒビキとサキは少し驚いた。

ハヤテは続けた。

「父はここで化身忍術の研究をしていたのだ。だが、血車党が父を殺して秘伝書を奪ったとき、村ごと化身忍術に関わるすべてを焼き払った」

「そんなことが……」

サキは、舞い上がる砂塵《さじん》の向こうに見え隠れする焼けおちた集落を見つめながら、血車党の残虐さに顔をしかめた。

「嘘をつくな」

ヒビキが改めてハヤテを見た。

「嘘？」

と、返すハヤテにヒビキが続けた。

「地下にあったあの奇妙な部屋、あれは谷の鬼十と関わりのある部屋ではないのか」

その質問にハヤテの眉がピクリと動いた。

「見たのか……あの部屋を」

「ああ。あそこに入ったときはそれが何の部屋なのかわからなかった。だが、お前の話を聞いてすべてがつながった。あそこはおそらく……鬼十が化身忍者を生み出していた場所」

「……そのとおりだ」

ヒビキのまっすぐな視線に隠し事は無駄だと悟ったのか、ハヤテは意外にもあっさりとそのことを認めた。

「そんな場所がこの村に⁉」

と、話に割ってはいろうとするサキを遮《さえぎ》るように、

「さらに付け加えるなら。あそこは俺が変身忍者になった場所でもある」

と、ハヤテが静かに付け加えた。

「お前はさっき化身忍術に関わることはすべて焼き払われたと言った。なら、どうしてあの場所が残っていることを隠した？」

ヒビキがさらに鋭く斬り込んだ。

「話す必要はないと思ったからだ」

ハヤテは冷静に答え、続けた。

「あれは化身忍者に術を施す場所にすぎない。あそこが残っていたところで、秘伝書がなければ化身忍者を生み出すことはできない」

ヒビキは黙ってハヤテを見つめた。ハヤテも黙ってヒビキを見ている。

「どうしたのヒビキ？」

サキがまた口をはさんだ。

ヒビキが口を開いた。

「……俺たちが探している谷の鬼十というのはこいつかもしれない」

「何をバカな！」

今度はタツマキが口を開いた。

「ハヤテ殿はハヤテ殿でござる。なぜ、谷の鬼十のふりなど」

「こいつの目的が俺たちをおびき出すことだとしたら納得はいく」

タツマキの問いにヒビキが答えた。

「どうしてハヤテさんが私たちを……？」

タツマキ同様、不審な目を向けるサキにヒビキが少し呆れた顔で答えた。

「お前、まさか気づいてないのか？」

ヒビキの言葉を聞いたサキが、突然ハッとなり耳を澄ました。

「ヒビキ⁉」

「この男の色男ぶりに見とれて耳のほうがお留守だったみたいだな」

と、ヒビキは皮肉げにサキに言い放つと、周囲に注意を払った。

いつの間にか集落を吹き抜ける谷風はさっきより勢いを増し、ヒビキたちのまわりに白い砂塵の壁を作り上げている。一町（約百九メートル）先は、白い壁にはばまれ何も見えない。

が、ヒビキの鼻は、その風に紛れてただようわずかな人の匂いを敏感に嗅ぎ取っていた。

「囲まれてる……」

と、耳のよいサキも人の気配を感じたようだ。

「風が強くてよく聞き取れないけど、二十人以上は……」

サキの顔に緊張が走った。

ヒビキは厳しい目でハヤテを睨《にら》みつけた。

「お前の部下か……？」

「俺に部下はいない」

ハヤテは冷静に答えた。

「ならば風の向こうにいる奴らは何者だ？」

ヒビキはハヤテを睨みつけたままさらに尋ねた。

「お前の味方でも俺の部下でもないなら、おそらく奴らは俺たちの敵……」

「まさか血車党……⁉」

ハヤテの言葉にタツマキが身構えた。

その瞬間、ひときわ大きな谷風がブワッと吹き込み、砂塵の壁が目の前から消えた。

と、その向こうに現れたのは、黒い忍者装束に身を包んだ忍びの大群だった。

その数、およそ四十。

その半分ほどの忍びが一同をぐるりと囲むように身構え、残りの黒い影がその包囲網の外縁をさらに埋める形で後方に控えている。

身構えた四十の黒い影が荒れた大地に大きな円を描き、ヒビキたちを取り囲んでいる。

ヒビキがサキに軽口を叩いた。

「お前の耳もあてにならないな。なにが二十人だ」

「私は二十人『以上』って言ったわ」

サキが負けじと返した。

「それより。奴らはいったい……」

サキが改めて身構えた瞬間、タツマキがダッと飛び出した。

「タツマキ！」

ハヤテが制するより早く、タツマキは黒い影たちに向かって突っ込んでゆく。

が、黒い影たちがタツマキを攻撃する気配はなく、それどころかタツマキをすんなりと迎え入れた。

ヒビキたちに不審の色が浮かび上がった。

するとと、不審の的であるタツマキに黒い影の一つが近寄ってきた。

タツマキは近寄ってきた影に恭《うやうや》しく礼をし、ひざまずいた。

「まさか、奴が……」

影は覆面をとり、タツマキを見た。

歳は四十の手前くらいだろうか。薄く日焼けしたその顔には、少し皺《しわ》が刻まれはじめている。が、タツマキを見つめる大きな瞳の奥にはどこかギラついた光があり、その眼光のせいか年齢を感じさせない若さを感じさせる。また瞼の上に乗った太い眉が男の顔つきをさらに逞《たくま》しく見せており、ドッシリ構えた立ち姿とあいまって、忍びというよりは戦国武将のような妙な貫禄《かんろく》があった。

「傷を負っているようだな……奴らにやられたのか？」

男がチラッとヒビキたちを見た。

「いえ、これは。それよりなぜこちらへ？」

タツマキが尋ねた。

「各地に配置した者から知らせは随時入っている。鬼と変身忍者が現れたとあれば、我々とてジッとしているわけにはいくまい」

と、男は言い、改めてヒビキたちのほうに体を向けた。

ヒビキたちは反射的にジリッと身構えた。

「ヒビキ殿、この方々は拙者の仲間でござる」と、タツマキが声をかけた。

（それはわかっている……問題はお前たちが敵なのか味方なのかだ）

ヒビキは心の中でつぶやいた。

ヒビキの心を読んだかのようにタツマキが続けた。

「けっして敵ではござらぬ」

その声に合わせるかのように、タツマキに話しかけた男がスッと手を上げると、影の一団が一斉に構えを解いた。

「お主《ぬし》たちの力がどのくらいかわからんのでな。一応警戒させてもらったまで。驚かせてすまなかった」

そう言いながら男がさらに一歩前に出た。

「拙者は、徳川幕府直属の伊賀忍群を束ねる者。名を服部半蔵《はっとりはんぞう》と申す」

男は、ヒビキたちにそう名乗った。

六之巻　守る伊賀者

日はゆっくり落ちはじめている。

木々が長い影を落とす山道をヒビキとサキ、そしてハヤテ、さらにその前を先導するようにタツマキが歩いている。

一同にさきほどまでの緊張感はない。

ヒビキはハヤテに対する警戒心を完全に解いたわけではなかったが、タツマキとハヤテが昔話に花を咲かせながら楽しそうに前を歩く姿を眺め、

（しばらく様子を見るのもいいだろう）

と思っていた。

「こんなところまで歩かせて申しわけない。あともう少しでござる」

タツマキが、うしろのヒビキたちに声をかけた。

「私たちは大丈夫。それよりタツマキさんこそあんまり無理しないで」

サキが心配そうに返した。

「ワシなら大丈夫でござる。吉野《よしの》では精のつくものをたらふく食わせてもろうたのでな、すっかりこのとおり」

と、タツマキは自分の体をポンと叩《たた》いてみせたが、傷はやはりまだ痛むらしく、「あてて」と思わず顔をしかめた。

「ホラ」と呆れたようにサキが笑った。

「まったく。そんな体でよく俺たちに追いついたな」

ヒビキも改めて感心し、タツマキを見た。

「なあに。早駆《はやが》けはワシの得意技でござる。吉野からここまで来るくらい朝飯前でござる」

と、タツマキは得意げに答えたが、

「お前のことだ。この二人が心配でたまらず、かなり無茶をしたのであろう」

と、旧知のハヤテに突っ込まれると、

「な、何をおっしゃる。そ、そのようなことは」

と、皺《しわ》くちゃな顔を赤くした。

(相変わらず正直な忍びだ)

ヒビキは、この人の好い初老の伊賀者のことを好きになりはじめていた。

ハヤテの言うとおり、タツマキは責任感の強い男であった。

魔化魍《まかもう》に傷を負わされたタツマキは、吉野での滞在を許され、しばらく静養しているはずであった。だが、責任感の強いタツマキは、本来自分の任務であるはずの鬼十《きじゅう》探索を若いヒビキとサキが託されたと知って心配になり、治療もそこそこに吉野を発ち、ヒビキたちの元に駆けつけたのだった。

そして幸か不幸か彼の心配は的中し、ヒビキとハヤテが刃を交える事態に陥っていた。

（タツマキさんが現れなければ、今ごろヒビキかハヤテさんのどちらかが傷ついていたかもしれない）

タツマキが無理をしてでも駆けつけてくれたことに、サキは心の底から感謝していた。

「さ、着いたでござる」

そう言ってタツマキが指差したのは、山の中腹に建つ古い屋敷だった。

ここは先の黒い忍びたちの拠点、いわゆる忍者屋敷であった。

このような屋敷が全国各地に点在しており、諸藩の動向をさぐるべく全国を飛びまわる彼らの連絡所としてその機能を果たし、また有事の際には小さな砦《とりで》として戦闘の要となることもあった。

さきほどの忍びたちは、タツマキの仲間であった。

伊賀忍者の中でも、タツマキのような幕府に仕える直属の精鋭たちは伊賀忍群と呼ばれ、先の服部半蔵《はっとりはんぞう》は、その伊賀忍群をまとめる頭領《とうりょう》であった。

屋敷に入り一息ついたヒビキたちは、タツマキの案内で広間に通された。

広間では、服部半蔵と幹部とおぼしき数名の忍びが彼らを待っていた。

「さきほどは驚かせてすまなかった」

半蔵がヒビキたちに詫《わ》びた。

「改めて挨拶《あいさつ》させてもらおう。私は伊賀忍群頭領、服部半蔵である」

そう話す男の声には、服部半蔵の名を継ぐ者としての威厳と誇りがあった。

ヒビキたちの目の前に座る服部半蔵は、三代目にあたる。

初代服部半蔵は、今を遡《さかのぼ》ること数十年前、徳川家康《とくがわいえやす》の伊賀越えを救ったかの有名な伊賀の忍びである。

徳川幕府を開いた家康は、その人生の中で幾度も窮地に追い込まれているが、中でもこの伊賀越えは、まさに九死に一生を得た大事件であった。

時は天正十年、天下統一を目前にした織田信長《おだのぶなが》が、本能寺《ほんのうじ》で明智光秀《あけちみつひで》に討たれた年。

信長を討った明智光秀は、同じく信長配下の武将をも殲滅せんと各地に兵を放ち、信長配下の家康もその攻撃対象となった。

堺《さかい》で休養中だった家康はまたたく間に明智軍に包囲され、その命はもはや風前の灯火かと思われた。

家康は明智軍の包囲を振り切って伊賀の山中へ逃げ込み、そのまま故郷の三河へ出るべく決死の脱出作戦を敢行した。しかし、敵や山賊《さんぞく》に警戒しながら慣れぬ山中を行くのはきわめて困難である。

そこで山中の道案内と家康の護衛を任されたのが、家康とかつてよりつながりのあった伊賀者、初代服部半蔵であった。

伊賀の山々は、伊賀者にとっては幼いころから育った庭のようなものである。初代半蔵はその地の利を生かし、伊賀の忍びが持つ高い戦闘力によって、光秀の追っ手を撃退し、家康を三河まで送り届けるという大役を無事果たすことに成功した。

そしてその功績により、家康の信を得た初代半蔵とその部下たちは徳川家に召し抱えられ、幕府成立以後は、護衛と諜報《ちょうほう》を専門とする将軍直属の部隊・伊賀忍群として、江戸幕府を陰から支えることとなったのだ。

以来、伊賀忍群の頭領となる者は、初代半蔵の偉業に敬意を表し、また幕府への変わらぬ忠節の意を込めて、服部半蔵の名を代々受け継ぎ、その威厳と誇りを守ってきたのだ。

三代目半蔵が続けた。

「我らは家康公がお作りになった天下太平の世を未来永劫《みらいえいごう》守るべく、常に諸藩の動向に目を配っている。そのため、幕府を転覆せんと画策する血車党《ちぐるまとう》の存在を知った我々は、その殲滅に心血を注いできた。谷の鬼十の足跡をたどって吉野の協力をあおいだのもすべてはそのためである」

幕府の命を受けタツマキを吉野に送ったのは、この半蔵であった。

「我らの申し出に吉野が協力してくれたこと、心より感謝している」

半蔵がヒビキとサキに頭を下げた。

「礼を言われる筋合いはないさ。谷の鬼十は俺たちの同門らしいし、体面にこだわる吉野の偉い連中が仲間の不始末を表に出したくなかっただけさ」

そう答えるヒビキを「もう」とサキがひじでつついた。

半蔵は顔を上げ、今度はハヤテを見た。

「そして、ハヤテ殿も。お主《わし》の存在はタツマキから聞いていた。血車党を壊滅させたお主の功績は我々も重々承知している。そして、その手柄を我らに譲ってくれたことにも心から感謝している。いずれその礼はしっかりさせてもらうつもりだ」

半蔵はそう言ってまた頭を下げた。

「私は己の責務を果たしたまでのこと。過分なお気づかいは無用」

ハヤテは冷静に答えた。

「ところで……父、鬼十が生きており血車党を再び結成したという噂《うわさ》はどこから？」

と、ハヤテが続けた。

半蔵は答えた。

「出どころははっきりせぬ。我々は噂の出どころを含め、目下調べているといったところだ。そういうお主こそどこでその話を？」

「私のところに文《ふみ》が届けられました」

ハヤテの思わぬ返答に、一同はハヤテを見た。

「文？　誰から？」

半蔵の問いに、ハヤテが冷静に答えた。

「それはわかりません。文にはただ、『鬼十　甦《よみがえ》り、血車党を再び興《おこ》す』……とだけ」

ハヤテは懐からその文を取り出し、半蔵に手渡した。

「何者かがハヤテ殿をおびき出した……ということでござるか？」

半蔵が文に目を通すあいだ、タツマキがハヤテに尋《たず》ねた。

「かもしれない」

とハヤテは答えた。

文に目を通した半蔵がさらに尋ねた。

「血車党の陽動ということは……？」

「私もはじめはそう思いました。しかし血車党にとって私は邪魔なはず。わざわざ私に決起を知らせるようなことはしないでしょう」

「では、血車党に仇《あだ》なす誰かが……」

「わかりません。とにかく私は、その真偽を確かめるべくやってきた。ただそれだけです」

「……すべては謎のままということか」

ハヤテの話に半蔵はため息をついて腕を組んだ。

そんな半蔵にタツマキが笑顔で言った。

「しかし、ハヤテ殿が来てくださったのは運がよかった。もし血車党が現れても、ハヤテ殿がいれば百人力でござるからな」

サキが口を開いた。

「今のところ再起したとされる血車党の存在は不明ですが、谷の鬼十がすでに亡くなっていることはハヤテ殿により確かめることができました。であれば、少なくとも血車党の再起に関し、そちらが危惧《きぐ》しておられる鬼の関与はないと判断してよろしいですか」

「うむ」

と、半蔵は答えながらも、

「だが『化身《けしん》忍術』の秘伝書はいまだ行方知れず。それを見つけ出さない以上、谷の鬼十の過《あやま》ちが消えたとは言いがたいところもある」

と、ことの発端はあくまで鬼十にあることを暗に示唆し、鬼の関与を完全には否定しなかった。

「父に非はない」

ハヤテが割って入った。

「父は、力はあくまで弱き者のためにあると私に話していた。その思いを踏みにじり、秘伝書を悪事に利用したのは血車党です。過ちを犯したと言うなら、それは奴らだ」

ハヤテの厳しい顔に半蔵が慌《あわ》てて詫びた。

「すまぬ。気を悪くさせるつもりではなかった。ハヤテ殿の言うとおり、忌むべきは血車党だ。谷の鬼十の無念を晴らすため、一刻も早く血車党の残党を一掃し、『化身忍術』の秘伝書を探し出さねば」

半蔵が驚くほど素直に詫びる様子にヒビキは思った。

(タツマキだけかと思ったが、伊賀の忍びというのはどうやらみな人がいいらしい)

忍びを束ねる者とは言いながら、半蔵という男には不思議と陰がなかった。

忍びというものは本来、表舞台に立ち華々しい戦果をあげる武将たちの影となり、暗殺、暗躍、謀略……など汚い仕事を請け負う裏稼業である。それゆえ忍びはその人柄にもどことなく暗い陰を落としているものである。

とはいえ、戦国の世が終わりを告げて数十年になる。武将たちが戦場に出ることもなくなった今、忍びたちも血なまぐさい影の仕事に従事する必要がなくなり、忍びにつきまとう暗い陰の印象は払拭されつつあるとも言えた。

だが、忍びにとってそれはそれで深刻な問題でもあった。

戦がないということは、忍びたちの働き口がないということである。いくら戦闘技術や身体《しんたい》能力が優れていても、それを活かす場所がなければ意味がない。戦のないこの天下太平の世においては、忍びの存在意義そのものが危うくなりつつあった。

ゆえに忍びの多くは、時勢に合わせ、生き方を変えることを余儀なくされた。

忍びをやめ百姓になる者。身体能力を生かし軽業師として漂泊《ひょうはく》する者、もしくは山賊や海賊となり野盗に身をおとす者……道はさまざまではあったが、何にせよ、忍びの誰もが困窮した生活を強いられていることに間違いはなかった。

戦国時代、陰の功労者として脚光を浴びた忍びたちは、その職能ゆえにただよう陰とはまた違った意味で、生活そのものに新たな暗い陰を落としつつあったのである。

その点、半蔵率いる伊賀忍群は違った。

初代半蔵が家康の命を救ったことにより圧倒的な信頼を得て幕府に迎え入れられ、以後は幕府直属の護衛部隊として、将軍警護や諸国の諜報など重要な任務に従事し、その後もこうして代々、諸国の治安を守るべく、己の力を遺憾なく発揮し続けている。

（これが時の権力に功績を認められ、活躍の場を与えられた者が持つ自信というものなのかもしれない）

ヒビキは半蔵の持つ明るさをそんなふうに分析しながら、同時に吉野の上役たちのことを思い出していた。

吉野の上役たちはみな陰がある。

それは、鬼の一門が数百年ものあいだ吉野での隠匿《いんとく》生活を強いられ、暗い山の中で息を潜めて暮らしてきたせいかもしれない。

キリュウとキドウがいい例だ。

キリュウはもともと物静かな性格ではあるが、鬼の歴史を尊び、世の動向に流されることなく、その歴史を静かに守り続けることを美徳と思っている節がある。

魔化魍に傷を負わされ鬼に変身できなくなって以降はさらにその性格が顕著に現れているようで、吉野存続のために若いイブキを擁立し、影に徹する自分にむしろ喜びすら感じているようにも見える。

キドウとて性格そのものは豪快であるが、鬼の伝統を尊ぶところはキリュウと変わらず、彼の場合はそれが修行に対する異常な執着心として現れ、術法者《じゅっぽうしゃ》としての強さを維持することしか鬼の存在意義はないとでも言わんばかりに、厳しい修行を自分にも若い鬼にも課す。

みな、いつ訪れるかわからない朝廷再起に思いをはせながら、ひたすらに力を溜《た》め込み、やり場のない気持ちを何かにすりかえ、なんとか自分を保っている……。

ヒビキには吉野に暮らす鬼たちがそんなふうに見えていた。

ヒビキの回想を遮《さえぎ》るように半蔵が口を開いた。

「それにしても意外であった」

半蔵は改めてヒビキとサキを見た。

「鬼というのは荒くれ者の集まりだとばかり思っていたが、まさかこのような精悍《せいかん》な若者と美しいおなごとはな」

　臆面もなくこういったことが言えるのも、半蔵の持つ明るさなのかも知れない。

「吉野にいるのはお主らのように若い者ばかりなのか？」

　半蔵は続けた。

「いや。吉野にいるほとんどは荒くれ者の破戒僧《はかいそう》ばかりさ」

　ヒビキの軽口にサキがくすりと笑った。

（きっとキドウのことを皮肉っているのだ）

　と、サキは思った。

　強面で豪快なキドウはまさに仁王像《におうぞう》のごときであり、彼が鬼に変身すると言えば誰もが信じて疑わないだろう。が、吉野にいる者がみな、キドウのごときと思われては、イブキやキリュウが不憫《ふびん》だ。

　サキは、咳払《せきばら》いしながらヒビキをひじでつつき、

「吉野に住む者は鬼に変わる力を身につけているとはいえ、みな普通の者とかわりはございません。忍びの中にも老若男女いろいろおられるように、我々の仲間にもいろいろおります」

　とつけ加えた。

　半蔵は鬼に関して興味津々のようで、さらに質問を続けた。

「といっても、鬼に変わる術は忍びの術とは明らかに違う。一種の秘術のようなものであろう。ならばその体得は普通の者には叶《かな》わぬのではないか？」

「確かに鬼の秘術は簡単に体得できるものではありませぬ。しかし、術を体得する厳しさという点においては、武芸や忍びの術とて同じこと。その厳しさを物ともせぬ強靭《きょうじん》な心さえ持っていれば、誰もが鬼になれるとも言えます」

というサキの答えに、半蔵は「なるほど」とうなずくと、

「ならばその秘術……かつて京の都を魑魅魍魎《ちみもうりょう》から守り抜き、頼朝公《よりともこう》も喉から手の出るほど欲しがったという鬼の力、我が伊賀忍群にもぜひとも伝授してもらいたいものだ」

と返し、珍しく神妙な顔をしてこう続けた。

「我ら伊賀忍群とてけっして日々の鍛錬を怠っているわけではない。だが、我々の力だけでは対抗し切れぬ敵がいることもまた事実。血車党配下の化身忍者のように人智《じんち》を越えた力を備えた者どもが相手の場合、我らだけでは正直戦力不足なのだ。それゆえ、鬼の力を借りたい。強大な魑魅魍魎と互角に渡り合えるというお主たちの力を……」

そう話す半蔵の目にやましさは感じられなかった。彼は純粋に鬼の力を礼賛し、天下太平のためにその力を貸してほしいと心底願っているようだった。

吉野でタツマキがイブキたちと謁見《えっけん》したとき、そこには長年牽制《けんせい》しあってきた幕府と朝廷のしがらみのようなものがそこはかとなくただよっていた。それは閉鎖的な吉野の体質

が一方的に醸《かも》し出したものなのかもしれないが、この場にはそういった垣根のようなものはいっさい感じられなかった。

が、それはおそらく、半蔵の雰囲気がもたらすものなのであろうと、ヒビキは思った。

そして同時に、

（山を降りてきてよかったかもしれない）

とも思った。

吉野ではどこか居づらい思いをしていただけに、ヒビキは自分が頼られていることに対し、素直に喜びを感じていた。ヒビキは、伊賀忍群頭領として以前に、一人の人として天下太平を純粋に願う半蔵の熱に少し当てられているようだった。

半蔵は、その熱をハヤテにも向けた。

「そういった意味ではハヤテ殿。こうして会えたのも何かの縁。化身忍者を駆逐し、血車党を壊滅させたお主のその力、我々に再び貸してもらいたい」

半蔵の申し出に、

「それはお断りいたします」

と、ハヤテは答えた。

「なにゆえでござる、ハヤテ殿ッ？」

ハヤテの意外な返答に、思わず口を開いたのはタツマキであった。

ハヤテは冷静に言った。

「お主らの力になることを拒んでいるわけではない。ただ、化身忍者の相手は私一人で十分ゆえ伊賀忍群には手を引いてもらいたい、そう思っているだけだ」

「我らは足手まといだと？」

タツマキが悲しそうな目でハヤテを見た。

ハヤテは大きく首を振りながら優しい口調で言った。

「他の者を巻き込みたくないのだ。化身忍者は私の仇敵《きゅうてき》。変身忍者《へんしんにんじゃ》である私がこの身をもって奴らを倒し、化身忍術の正当性を示さぬ限り、父の汚名を消すことはできないのだ」

と、ハヤテは自らの宿命を痛いほど理解していた。それを今までも貫いてきた。そして、これからも貫こうとしているのだ。

（本当に生真面目な男だ）

ヒビキは改めて、ハヤテを見た。

そして、これほどまでに父を敬愛し、その汚名を濯《そそ》がんと尽力する彼を見つめながら、

（自分に親がいれば同じように思ったのだろうか）

と、ぼんやりと親なしの自分を振り返っていた。

ハヤテの気持ちを理解した半蔵は、「お主の気持ちはわかった」と告げたものの、

「さりとて血車党の目的が幕府転覆である以上、幕府の護衛部隊たる我々とて、血車党と

化身忍者の暗躍を放っておくわけにもゆかぬ。そのあたりはお主にもわかってもらいたい」

と、伊賀忍群も今後も変わらず、血車党の残党に対して戦う構えでいることを改めて強調した。

ハヤテは「承知した」とだけ短く答え、伊賀忍群の介入に関してそれ以上は止めようとはせず、半蔵のほうもことさらハヤテとの連携に関してそれ以上話を進めようとはしなかった。

「半蔵様」

しわがれた低い声が部屋の外から聞こえると、半蔵配下の忍びとおぼしき男が障子を開けて入ってきた。

耳の大きなその男は片方の目がつぶれており、一つしかない目がギョロッとヒビキたちを見渡した。

「どうした？　猿《さる》ノ助《すけ》」

猿ノ助と呼ばれた片目の男が半蔵に何か耳打ちした。

半蔵は表情を明るくすると、

「ちょうどいい。通してやれ」

と、猿ノ助に告げた。

「誰か見えたのでござるか？」

タツマキが半蔵に尋ねた。

半蔵は「まあ待て」とだけ言い、いたずらっぽく笑った。

下がった猿ノ助と入れ替わりに現れた女が、タツマキを見て大きく声を上げた。

「父上ッ！」

「カスミ……⁉」

カスミと呼ばれた美しい女は、タツマキの娘だった。

「お前がどうしてここに？」

「父上が大けがをなさったと聞いて飛んできたのです。具合はどうなのですか？」

「あ、ああ。このとおり。大事はない」

「そう。ならよかった」

親思いのカスミは、タツマキの無事な姿に心底安心したようだった。

「こ、これは……？」

娘の突然の来訪に、タツマキはとまどいながら半蔵を見た。

「私が呼んだのだ。けがをした体を娘に、しかも名医に診てもらえるとあればお前も本望であろう」

半蔵はそう言いながらカスミを見た。

「半蔵様、私はまだ医者の卵です。名医だなんておよしください」

と、カスミが照れた。

タツマキの娘であるカスミは、元くノ一である。当然半蔵とも面識があった。

半蔵がタツマキに言った。

「この屋敷のそばに湯治場《とうじば》もある。お前も娘に手厚く世話してもらいながら、たまにはゆっくり休むがよい」

「は、はあ……」

タツマキは、我が身を心配した娘が訪ねてきたことに照れているのか、半蔵の計らいに申しわけないと思っているのか、少し困ったような顔をした。

タツマキには、子供が二人いた。

ここにいるカスミと、その弟ツムジである。

早くに妻を亡くしたタツマキは男手一つでカスミとツムジを育て上げ、その父の背を見て育った二人は父と同じ忍びとなった。ゆえに二人とも父の任務に同行することが多く、数年前の血車党との戦いでは幼いながらに父を助け、ハヤテに協力していた。

血車党壊滅後、忍びをやめたカスミは医学の勉強のため江戸へ、ツムジは見聞を広めるため諸国漫遊の旅へと、それぞれ新たな人生を送っていた。

最近ではタツマキも江戸詰めのときに時折カスミと顔をあわせるくらいで、この再会も半年ぶりのものであった。

数年前、忍びというにはまだあどけない少女の面影を残していたカスミだったが、今ではすっかり大人になり、長い髪をうしろできれいに束ねた端正な横顔と薄くひいた紅の色にさりげない女らしさがただよっていた。

タツマキの無事を確認して安堵《あんど》したカスミは、改めて落ち着いて広間に目をやり、ヒビキたちの姿を見て慌て出した。

「す、すみませんッ！　客人がいらっしゃるとは気づかず、たいへん失礼いたしました！」

と、バタバタと身なりをただし頭を下げるカスミは、数年前のあどけない少女の姿にもどったようであった。

「申しわけござらぬ。カスミはワシに似て少しそそっかしいところがありまして」

と、タツマキが頭をかいた。

「ほんとにごめんなさい」

父と同じしぐさで頭をかくカスミを見て、ヒビキとサキは思わず吹き出した。

カスミの美しさに、はじめは鳶《とんび》が鷹《たか》を生んだと思っていた二人だったが、

（やはりかえるの子はかえる。娘も父親同様人がいいらしい）

と、思い直した。

ヒビキたちに詫びたカスミは、今度は懐かしい顔を広間の中に発見した。

「ハヤテ殿ッ⁉」

カスミの顔が驚きとも喜びともつかぬ色に染め上がった。

ハヤテは、カスミの顔を見て静かに会釈した。

思わず声を上げたカスミも、ハヤテの様子に改めて姿勢をただし、「お久しぶりでございます」と静かに頭を下げた。

久しぶりに再会した二人の会話はたったそれだけだった。

ハヤテはさりげなくカスミから目をはずすと広間に差し込む夕日に顔を向け、頭を上げたカスミは夕日に目をやるハヤテの横顔を遠慮がちにそっと見た。

部屋に差し込む夕日が、無言の二人を赤く映し出していた。

七之巻

霞《かす》む想い

夜空に広がる星が白い湯気の向こうに霞んで見える。

日は落ち、あたりはすっかり暗くなっているが、岩の上に置かれた行灯《あんどん》の光が、ゆるやかに湧き出す温泉の源泉をぼんやりと照らし出している。

日本の各地には隠れ湯と呼ばれる温泉がいくつかある。温泉は戦国武将が戦や旅の疲れを癒す場所として昔から重宝され、そのほとんどは人里離れた山中や谷間にあって、領土内や遠征地に人目を忍んで作られていることが多い。

半蔵《はんぞう》の忍者屋敷のそばにあるこの温泉もそんな隠れ湯の一つであった。ここは、初代半蔵が遠征におもむく家康《いえやす》のために見つけ出した場所とされており、家康が江戸から京へ向かう際には必ず立ち寄り、長湯を楽しんだと伝えられている。

ヒビキとハヤテはタツマキに勧められ、この隠れ湯で旅の疲れを癒していた。

ヒビキは肩まで湯につかりながら、岩の上に腰かけるハヤテの体をぼんやりと見ていた。

ハヤテの体には大小さまざまな刀傷が刻まれている。それはおそらく、これまでの戦いでついた傷なのであろう。彼の戦いがどれだけ激しかったのかを傷の多さが暗に物語っていた。

聞いてわかったのだが、ハヤテはヒビキよりも二つ歳が下らしい。彼がヒビキより年上に見えるのは、その落ち着いた口調のせいとも言えるが、化身忍者《けしんにんじゃ》との激しい戦いの日々と彼が背負う宿命の重さが彼を足早に大人へと成長させたのかもしれない。

ヒビキは、彼の体に刻まれたひときわ大きな傷に目をとめた。

それは首の下から胸を二つに割るかのようにヘソに向かって一直線に伸びている。誰かにやられたにしては、あまりにきれいな傷跡である。

「気になるようだな」

と言うハヤテの声に、知らぬ間にジッと傷を見つめていたことに気づいたヒビキは、

「あ。や、すまん」

と、詫《わ》びながら目をはずした。

「構わぬ。これは父上に化身忍術を施された跡だ」

ハヤテは隠すこともなくさらりと言った。

化身忍術は、特殊な外科手術によって人的な細工を施し、その体を獣人化させる秘術である。つまり、ハヤテの傷はその『人的な細工』の跡ということだ。

「この力を刻まれたおかげで俺は化身忍者と互角に戦える体を手に入れた。これは……」

ハヤテはそう続けながら改めて胸の傷に手をやり、

「俺の誇りであり、父に託された夢だ」

と、かみしめるように言った。

「夢……?」

そう聞き返すヒビキにハヤテは続けた。

「弱き者の力になる、それが父の夢だった。そして、その力を得るため寸暇を惜しみ、さまざまな秘術の研究に没頭する父の背を見て俺は育った。類いまれなる才能を持ちながら、誰にも認められぬ父の苦しみは幼い俺にも痛いほどわかった。だが、父は異端児としいたげられたまま、悪に利用されその生を終えた……」

ハヤテは少しうつむいたが、再びヒビキを見つめ力強く言った。

「だから思うのだ。化身忍術をこの身に宿す俺が、父が生んだ力の正しき使い道を改めて示し、弱き者の力になるという父の夢を引き継がねばならないと」

鬼の掟《おきて》に背いた異端児、悪に加担した化身忍術の生みの親……それが、みなの中に今まであった谷《たに》の鬼十《きじゅう》の印象であった。

だが、ハヤテの話を聞き、ヒビキは思った。

鬼十とてみなと変わらぬ普通の男だったのではないかと。

そして、ハヤテにとっては尊敬すべき先人であり、そしてただの父親だったのだなと。

「父を慕っていたのだな」

ヒビキは言った。

ハヤテは「ああ」と力強く答え、ヒビキに聞き返した。

「お前は慕っていなかったのか？　父上を」

ヒビキは答えた。

「俺には親父もお袋もいない。二人とも魔化魍《まかもう》に襲われて死んだらしい。俺は赤ん坊だったんで記憶がまったくないがな」

ヒビキにとっては吉野《よしの》の上役たちが親代わり。つまり彼を育てたキドウやキリュウが、ある意味ヒビキの父親ということになる。

が、むろんヒビキにそんな感覚はない。キドウやキリュウは、ヒビキにとって鬼の訓練を課した指南役でしかなく、彼らのことを父親と思ったことはなかった。

（父親か……）

ヒビキの心の中で、見たこともない父親の影が、目の前に立ち上る湯気と共に霞んで消えた。

そんなヒビキの機微《きび》を察したのか、

「すまなかった」

と、今度はハヤテが詫びた。

「気にするな。それが俺にとっては当たりまえだ」

ヒビキは笑って答え、自分の中に浮かび上がった父親の影を払うように話を変えた。

「ところで、あのカスミという子、あの子はお前とどういう間柄なんだ？」

「タツマキの娘で、昔一緒に戦った仲間、それだけだ」

ハヤテはそう言って夜の闇に目を向けた。

（またあの顔だ）

ヒビキは、カスミと再会したときのハヤテの顔を思い返した。

男と女の機微がわかるほど、ヒビキは大人ではない。だが、懐かしい人間に会ったにしては、ハヤテの様子がよそよそしすぎることだけはヒビキにも十分わかった。

ヒビキは思いきって聞いた。

「久しぶりに会ったわりには、あんまり嬉《うれ》しそうじゃなかったな」

「そんなことはない」

とハヤテは答えたが、その表情は夜の闇に紛れてよく見えなかった。

「あの子はお前に会えてすごく嬉しそうだったが」

ヒビキがかまをかけるように続けると、ハヤテが先回りするように、

「邪推するのはお前の勝手だが、俺とカスミのあいだにお前がおもしろがるようなことは何もない」

と、切り返し、口調を強めた。

「だいたい俺は、人であってすでに人ではない。俺のような者と何かあったと思われてはカスミが可哀想《かわいそう》だ」

その言葉を聞いていたかのように、ハヤテのまわりを覆っていた湯気がスーッと消えた。

月の光が、ハヤテの胸の傷を改めるように明るく照らし出した。

その傷を見つめ、ヒビキはハヤテの言葉の意味を考えていた。

『俺のような者』……それはおそらく化身忍者ということであろう。ハヤテは、自分の体を父の夢であり、誇りであるとさきほど言った。だが今の言葉の中には、誇りとは正反対に、自らを忌むべき者として他者と距離を置く、どこか自虐的な雰囲気がただよっていた。

ヒビキはハヤテの胸の傷を改めて見つめながら、ハヤテが鬼十から受け継いだのは化身忍者の力だけではなく、力を持つ者の孤独と寂しさまでをも受け継いでしまったのだと感じていた。

「ご一緒してもいいですか？」

先に湯につかっていたカスミにサキが声をかけた。

「どうぞ」

カスミがサキに笑顔を向けた。

二人がいるのは、ヒビキとハヤテがつかっている温泉よりさらに奥。女人のために用意された小さな温泉である。

湯の中に沈んでゆくサキの体を見て、カスミが気づかった。

「大丈夫？」

サキの体には、昼間ハヤテと戦ったときにできた痣《あざ》が浮かび上がっていた。

「聞いたわ。ごめんなさいね、ハヤテ殿が勘違いされたみたいで」

と、カスミが我が事のように頭を下げた。

「その話ならもう。ハヤテさんにもいっぱい謝ってもらったし、平気です。男の人ってホラ、みんなせっかちだから」

そう明るく答えたサキの顔にホッとしたのか、カスミが安堵《あんど》のため息をついた。

「本当に。ハヤテ殿は化身忍者のことになるとつい」

詫びながらもさりげなくハヤテを庇《かば》うように話すカスミの口ぶりに、サキは彼女の深い愛情を感じていた。

サキは思いきって尋《たず》ねた。

「好きなんですね。ハヤテさんのこと」

「え⁉」

カスミは少し驚いた顔でサキを見た。

「あ、すみません、会ったばかりなのに。けど、きっとそうだと思って」

サキのまっすぐな目に、カスミは一息ついて聞き返した。

「どうしてそう思うの？」

「ハヤテさんを見ているカスミさんの顔に描いてありました」

サキの言葉にカスミは観念したように笑った。

「だめね、心が顔に出るようじゃ。やっぱりくノ一をやめて正解だったわ」

照れ隠しのように頭をかくカスミの姿に、正直なところまでタツマキさんそっくりだと、サキは微笑ましくなった。

カスミの気さくな雰囲気が、サキに質問を続けさせた。

「どうしてくノ一をやめたんですか?」

「そうねえ。まあ、いろいろ思うところがあって」

カスミはそう言いながら、目の前の湯をすくいあげた。手のひらにすくった湯はすぐに流れ落ちていき、カスミの胸元で大きな波紋をつくった。

サキには、それがカスミの心にできた波紋のように思えた。

「……やっぱりハヤテさんと何かあったんですね?」

「やっぱり?」

「久しぶりの再会なのに、ハヤテさん、なんだかよそよそしいし……」

サキの詮索にカスミが微笑みながら言った。

「ハヤテ殿はあれが普通よ。いつもああやって穏やかに私を見ているの。騒いでいるのは、いつも私だけ」

カスミは少し大人びた顔で優しくサキに語りかけた。

「あなたは私がハヤテ殿と何かあったからくノ一をやめたと思っているみたいだけど、むしろ逆。何もなかったから、私はくノ一をやめたんだと思う」

（何もなかったから……？）

サキの疑問に答えるようにカスミは続けた。

「お父上の想いを果たすことがハヤテ殿の悲願。だからお父上の名を汚す化身忍者を倒すため必死に戦っておられる。私は、そんなハヤテ殿のお手伝いをしたかったの。けど、私の力では化身忍者に勝てないし、一緒にいても足手まといになるだけ。私ね。くノ一をやっていてもあの人の力にはなれない、そう思ったの」

カスミはそう言いながら少し寂しそうな顔をした。

「ハヤテ殿はいつも一人で戦っている。化身忍者であるために人を遠のけ、普通の幸せを犠牲にして……。でもね、ハヤテ殿にだって幸せになる権利はあると思うの。人々を守るために一生懸命戦っているんだもの。だから考えたわ、戦いの助けはできなくても、ハヤテ殿のために何かできることはないかって」

カスミが明るい顔でまっすぐサキを見た。

「私ね。ハヤテ殿を元の体にもどしてあげたいと思っているの」

「元の体に？」

カスミの口から出た意外な言葉にサキは驚いた。

「ええ。それで私は医者になったの。いつか戦いを終えたハヤテ殿が平和な生活を送る日がきっと来る。その日のためにいろいろ勉強して、私が絶対ハヤテ殿の体を元にもどしてあげるために」

そう言いながら、カスミは夜空を見上げた。

夜空に広がる星は、白い湯気の向こうで遠く霞んでいた。


時は過ぎ、真夜中となった。

漆黒の闇と静けさが、人の寝静まった屋敷を包みこんでいる。

こんな山の中腹では真夜中に人の気配も当然なく、あるのは時折、梟《ふくろう》の鳴き声や虫の声が聞こえるくらいである。

ヒビキは与えられた部屋で横になりながら目を開けていた。とくに何かあるわけでもないが、なんだか眠れない。そんな夜だった。

（今日はいろいろあったな）

ヒビキは、一日あったことを振り返った。

鬼十の里、化身忍者の生まれた隠し部屋、変身忍者《へんしんにんじゃ》嵐《あらし》となるハヤテという若者、服部《はっとり》半蔵と伊賀忍群、タツマキの娘カスミ……今日だけで新しい事件と出会いが次々と起こった。

（眠れないのは、それで気持ちが昂《たかぶ》っているせいだ）

ヒビキは眠れない理由に一応の答えを出し、改めて布団に潜り込んだ。

そのとき……。

誰かの声が聞こえた気がした。

いや、気のせいではない。確かに屋敷の奥から声が聞こえた。遠くて小さかったが、それは悲鳴のような声だった。

ヒビキは気になって部屋の外に出た。すると、隣の部屋で眠っていたハヤテも表に出ていた。

「どうした？　ハヤテ」

「今、何か声が聞こえた気がしたのだ」

ヒビキの問いにハヤテは答えた。

「お前もか。俺も聞いた」

「屋敷の奥のようだな」

会話が終わらないうちに、二人は走り出した。

事態は屋敷の奥にある半蔵の寝所で起こっていた。

寝所を守っていた護衛の者は廊下に倒れ、すでに息がない。先の悲鳴はどうやら彼らのものだったらしい。

障子が開け放たれた半蔵の寝所に半蔵の姿はなく、小さな血の跡が点々と中庭のほうへと続いている。

中庭では、腕に傷を負った半蔵が謎の一団に取り囲まれていた。

謎の一団は黒ずくめの衣装に顔を覆面で覆い、握った剣だけが月明かりに照らされ、鋭く浮かびあがっている。

「お前たちは何者だ……」

痛む腕を押さえながら半蔵は尋ねたが、謎の一団は答えない。返ってきたのは、不気味な沈黙と圧迫感だけだった。

謎の一団は、その手際のよさと身のこなしから忍びであると推測できた。しかし、ここは徳川直属の精鋭、服部半蔵の屋敷である。そこへいとも簡単に忍び込み、頭領《とうりょう》である半蔵に闇討ちを仕掛けて手傷を負わせるとは、よほどの手練《てだれ》に違いない。

半蔵は腕の痛みをこらえながら、敵の一挙一動に神経をとがらせた。

謎の一団が、音もなく次々と半蔵に斬り込んできた。

半蔵は敵の剣をかわしながら懐から出した手裏剣をすばやく投げた。謎の一団は喉元を貫かれ、バタバタと倒れた。

半蔵とて、その数、数千とも言われる伊賀忍群を束ねる頭領である。敵が手練とはいえ、そう簡単にやられるような男ではない。

半蔵は、顔を改めようと倒れた忍びに近づいた。

そのとき、忍びたちの手がビクッと動いた。半蔵は反射的にうしろに飛んだ。

倒れていた忍びたちがゆらりと体を起こした。

「何ッ……⁉」

驚く半蔵をあざ笑うかのごとく、謎の一団はまるで小さなとげを抜くかのように刺さった手裏剣を引きぬき、無造作に投げ捨てた。

そして再び起き上がった忍びたちは、一人、また一人と不気味な声を上げた。

ウォォォン……。

キシャアァ……。

グルルルル……。

ケケケケッ……。

その声はまるで獣の鳴き声のようだった。彼らの体は、自らの鳴き声に呼応するようにビクンビクンと激しく震えはじめた。

ウオオオオオオオー！

ひときわ大きなうなり声と共に忍びたちの体が裂けた！

いや、裂けたのではない。人であった彼らの顔や体は人としての形を失い、その容姿は狼《おおかみ》、うつぼ、猪、鴉《からす》……獰猛《どうもう》なそれへと変化を遂げていた。

「まさか……化身忍者⁉」

半蔵に戦慄が走った。

獣へと姿を変えた忍びたちは、再び半蔵に襲いかかった。

その動きは獣のごとく俊敏《しゅんびん》で先の数倍早く、次々斬りかかる化身忍者の剣を半蔵も見極められない。

「ガッ……ウグッ……！」

次々に体を切り裂かれる半蔵は必死で身構えようとするが、体に力が入らない。

半蔵はがくりと膝をついた。

ウォオォン……。キシャアァ……。グルルルル……。ケケケケッ……。

あざ笑うように半蔵を取り囲んだ化身忍者たちが一斉に剣を振り上げた。

ガワアッ！

が、飛び込んできた影が化身忍者の剣を弾き返した。

影は、駆けつけたヒビキ、そしてハヤテだった。

「大丈夫か」

声をかけたヒビキに「なんとかな」と半蔵が笑ってみせた。

遅れてサキが駆《か》けつけた。

「これはいったい⁉」

「半蔵さんを頼む」

ヒビキはサキに半蔵を任せ、改めて敵を見た。

「貴様たちは化身忍者だな」

ハヤテの問いに、化身忍者は野獣の鳴き声で答えるだけだ。

「答えぬなら構わぬ。だが、俺の前に現れて無事に帰れると思うな」

化身忍者を鋭く睨《にら》みながらハヤテが刀を鞘《さや》に収め、鍔《つば》を振動させた。

「吹けよ嵐……嵐……嵐ッ……！」

吹き荒れる鷹《たか》の羽根の中にハヤテの姿が見えなくなる。

ヒビキも懐から音叉《おんさ》を取り出し、音撃棒《おんげきぼう》にあてた。

キィイイイイン……。

緊張感のある……それでいてどこか清らかなあの音色が暗い中庭に響き渡る。響く音叉を額にあてたヒビキの体からボウッと青白い炎が立ち上った。

「ハアッ！」

ヒビキの気合の声と共に、響鬼と嵐、異形の姿に変身した二人の姿が月の光の中に浮かびあがった。

「変身忍者嵐、見参《けんざん》！　行くぞ、化身忍者ども！」

嵐はその名のごとく、荒ぶる風となって化身忍者たちのあいだを吹き抜けた。響鬼も嵐に加勢し、化身忍者に躍りかかった。

響鬼と嵐、そして化身忍者。月明かりが、ぶつかりあう異形の者たちを照らし出した。

その光景はまさに怪物と怪物の戦いだった。

だが、ひたすらに獣のごとく獰猛な化身忍者に対し、嵐と響鬼の姿はどこか神々《こうごう》しく力強い。異形の力を纏《まと》いながらも、人を守る者としての威厳と誇りがその体からにじみ出ている。

「これが変身忍者……そして、鬼か」

半蔵は神秘的なものを見ているかのような顔でつぶやいた。

「タアッ！」

激しい気合と共に、嵐がうつぼのごとき化身忍者を斬り伏せた。キシャアアと鳴き声を上げるうつぼの化身から血が噴き出した。

それを見た響鬼がハッとなった。

（化身忍者は人が変身しているのか……！）

化身忍者から吹き出た血が、そのことを改めて響鬼に思い出させた。

響鬼は人を斬ったことがなかった。元来、鬼の敵は魔化魍である。魔化魍は醜悪《しゅうあく》な姿をしてはいても、あくまで妖気の塊《かたまり》であり、無論人ではない。清めの音を叩《たた》き込んで粉砕しても、土塊《つちくれ》にもどるだけであり、殺傷というより浄化に近い。

だが、化身忍者は、獣化しているとはいえ元は人間である。

（こいつらを倒すということは、つまりその命を……）

地面に広がった赤い大きなしみが、響鬼の動きを鈍らせた。

響鬼の思いを知ってか知らでか、化身忍者は容赦なく襲いかかってくる。響鬼はいつしか防戦一方となり、化身忍者に追い込まれていった。

「どうした？」

敵を牽制《けんせい》しながら響鬼と背中合わせになった嵐が声をかけた。

響鬼はつぶやいた。

「……人は斬れない」

襲いかかる化身忍者が二人を割った。

かわした響鬼の頭上に化身忍者の剣が迫る。嵐が剣を弾き、化身忍者の腕を叩き斬った。腕から血を噴き出した化身忍者がゴロゴロと地面に転がり、のたうちまわった。

そのとき、屋敷がにわかに騒がしくなった。

半蔵の部下たちが騒ぎに気づき、次々庭へと駆け出してきた。

タツマキとカスミも続いて現れた。

「ハヤテ殿……！」

化身忍者と死闘を繰り広げる嵐の姿を見てカスミが叫んだ。

半蔵の部下が手に持つ松明《たいまつ》が庭を明るく照らし出した。

眩《まぶ》しい炎に取り囲まれ、化身忍者たちは半蔵暗殺の失敗を悟り、踵《きびす》を返した。

「逃がさん！」

嵐が化身忍者を追った。逃げる化身忍者たちに刀を振り下ろすその姿はまるで鬼人のごとく、その太刀に情けや容赦はみじんもない。

ウギャアアアア！

化身忍者たちが断末魔《だんまつま》の声を上げ、次々と倒れていった。

（これが忍びの……化身忍者との戦いなのか……）

響鬼は、音撃棒を握ったまま、ただ立っていることしかできなかった。

「人は斬れない……そう言ったな」

立ち尽くす響鬼に殺気をおびたままの嵐が振り返った。

「見ろ、こいつらを。こいつらはもはや人ではない。これが化身忍者のなれの果てだ」

嵐の声に響鬼は、絶命し倒れている化身忍者を見た。獣化したまま息絶えた彼らの骸《むくろ》は、猟師に狩られた野生動物のようにも見えた。

「化身忍者は人にあって、人にあらず。元がたとえ術を施された人であったとしても、人にもどることなどけっして叶《かな》わぬのだ」

鷹の化身となった嵐の表情はわからない。だが、その声には、有無を言わさぬ強さがあった。化身忍者は倒すべき敵……嵐、いやハヤテにとっては、それ以外の何物でもないのだ。

（……この男に躊躇《ちゅうちょ》も迷いもない）

響鬼は、戦いの中で生じた自分の迷いを思い返していた。

一方で、戦いを見守っていたサキには嵐の言葉が別の意味に聞こえていた。

嵐は、敵である化身忍者の話をした。だが、その話が嵐自身の話のように思えたのだ。変身忍者嵐を名乗るハヤテも化身忍者の一人である。つまり、人にもどることはけっして叶わぬというのは、ハヤテも同じ。

（ハヤテさんは自分のことを言ってるんだ……）

サキにはハヤテの言葉が、人の幸せから縁を切ったハヤテの覚悟のように思えた。そして、その言葉をあえてカスミの前で口にしたような気がした。

サキは、カスミを見た。

カスミは黙って鷹の化身となったハヤテの背を見つめていた。

（カスミさんの想いをハヤテさんは気づいている。そして、ハヤテさんもカスミさんのことをきっと……）

サキは確信した。

だからこそ、自分を忌むべき存在だとするハヤテはカスミをさけているのだ。そして、カスミもまたハヤテを苦しめぬよう自分の気持ちをしまったままにしているのだと。

互いを想いあう二人の、互いを大事にするがゆえに近づけぬ矛盾。

サキは複雑な気持ちで二人を見つめた。

「誰だ！」

静寂を破るように誰かが声を上げた。

半蔵の部下が掲げた松明の灯りが、庭の木の上に潜む曲者を照らし出した。

（鬼……⁉）

曲者の顔を見て誰もが一瞬そう思った。

黒い忍者装束をまとった曲者は、鬼……般若《はんにゃ》の面を被っていた。

潜んでいることを看破された般若の面の曲者は、すばやく木から塀の外へと飛び降りた。

「追え！」

半蔵の声に部下たちが駆け出した。

「化身忍者を放ったのは、あやつでござろうか？」

タツマキが嵐に話しかけた。

嵐は答えた。

「わからない。だが、私はあの者を知っている」

一同が嵐を見た。

嵐は続けた。

「……『鬼十　甦《よみがえ》り、血車党《ちぐるまとう》を再び興《おこ》す』という文《ふみ》を私に届けたのは、あの般若の面の者だ」

八之巻　重なる記憶

「鬼十《きじゅう》の子か……」

キドウが深い息をついた。

ここ吉野《よしの》では、伝令からの報告を聞いたキリュウが、イブキとキドウを前にサキとヒビキが目にした一部始終を話し終えたところだった。

「鬼十が吉野を離れて二十年以上になる。彼に息子がいたところでおかしくはあるまい」

キリュウが鬼十のその後の暮らしを慮《おもんぱか》るようにつぶやいた。

キドウはキリュウに尋《たず》ねた。

「で、結局のところ鬼十は生きていると……？」

「それはまだわからない。息子のハヤテは鬼十の死を見届けたと言っているが、化身忍者《けしんにんじゃ》や般若面《はんにゃめん》の件もある。鬼十がまだ生きていて、陰で暗躍している疑いはまだ消えてはいない」

「ハヤテが嘘をついていると……？」

「それもわからん。だが、鬼十が産み落としたものが長年の時を経て、我らの目の前に現れたことだけは確かだ」

キリュウの答えにキドウは押し黙った。

タツマキの知らせ以来、二人の心には長いあいだ忘れていた旧友への思いがふつふつと甦《よみがえ》りつつあった。

鬼の掟《おきて》に背いた鬼十の力を消し、吉野から追放したのは自分たちである。掟に従った自分たちに間違いはなかったはずだが、追いやった鬼十がその後たどった道を思うと、気持ちはやはり複雑だった。

「これは……鬼十の復讐《ふくしゅう》かもしれん」

キリュウのつぶやきにキドウはハッと顔を上げた。

キリュウは続けた。

「正しきは自分にあったのだということを奴が我々に伝えたがっている……今回の事件はそんな気がしてならないのだ」

キドウは厳しい顔でキリュウに尋ねた。

「……我らが間違っていたとでも言いたいのか？」

「そうは言っていない」

が、言葉と裏腹にキリュウの表情は曇っていた。

「あれはあれでよかったのだ。過ぎたことを省みたところでどうなるものではない。我らはその時々を精一杯生きるのみ」

キドウは毅然《きぜん》と言い切った。

キリュウはキドウをジッと見つめ、そして改めて尋ねた。

「本当にそう思っているのか……？」

「何？」

不審な目を向けるキドウに、キリュウは静かに続けた。

「お前とてミツキのこと……」

「言うな、それを！」

キドウが声を荒らげた。

鬼十との過去……それは同じ時を過ごした者にしかわからぬことであった。それゆえキリュウ、そしてキドウが心に秘めた想いを計り知ることはできない。

だが、毅然と振る舞うキドウとて心が揺れていることは、その声から明らかだった。キリュウもそれ以上は話そうとしなかった。

キドウは過去を振り払うように大きく咳払《せきばら》いをしたあと、語気を強めて言った。

「これ以上、過ぎたことやわからぬことを詮索しても実りはない。とにかく、ヒビキとサキは即刻吉野にもどるよう指示を出せ」

今回の件にヒビキとサキを派遣するようイブキに進言したのはキリュウである。いつもならキリュウの仕事に口をはさまぬキドウが珍しく意見した。

「この一件は鬼祓《おにばら》いの域をもはや越えている。ヒビキとサキの役目は鬼十の生死を確かめ、鬼の力を悪用しているならそれを阻止することだ。化身忍者の掃討など彼らの仕事ではない」

キドウの意見にキリュウが答えた。

「だが、化身忍者の誕生には鬼十が関わっている。我々に関わりがないとは完全には言いきれぬ」

「だとしても、あの二人に任せておくのは荷が重いのではないか？　事実、ヒビキは化身忍者と戦うことができなかったというではないか」

「それを言うなら誰が行っても同じことだ」

キリュウはそう言うと冷静に続けた。

「鬼は忍びのように人を相手に戦うための鍛錬を積んでいない。戦や暗殺の手練《てだれ》など、この吉野には一人もおらぬ。さればこそ、鬼のしきたりにはまらぬヒビキを選んだのだ。そのことにキドウも賛成したのでは……？」

「確かにあのときはそうだった。だが今となっては……」

キドウは口ごもった。キドウがヒビキをもどしたほうがよいと思っているのは、他にも理由があるようだった。

キドウの心中を察したかのように、キリュウが続けた。

「ヒビキを行かせるべきではなかった……そう思っているんだな」

キドウは沈痛な顔をして答えた。

「力を持て余している奴の矛先を変えるいい案件かもしれぬと思い、はじめは承知した。だが、俺の想像が甘かった。やはり奴を行かせるべきでは……」

その言葉を遮《さえぎ》るようにキリュウが口を開いた。

「別にお前のせいではない。これは運命だ」

「運命？」

「言ったであろう。これは鬼十の復讐だと」

キリュウは同じ言葉を再び口にした。キドウはそれ以上言い返さなかった。

改めてキリュウが口を開いた。

「しかし我々が今どう動くべきかを考えねばならないことは確かだ。イブキ様のお考えはいかに」

二人は鎮座するイブキに目をやった。

イブキは二人の話をただ黙って聞いていた。

イブキはもともと口数が多いほうではない。若いわりにじつに落ち着いており、心中を顔に出すこともほとんどない。それゆえ美しい顔立ちは時に冷たくも映り、高貴なたたずまいとあいまって謎めいた雰囲気を醸《かも》し出していた。

イブキは静かに顔を上げ、口を開いた。

「……敵が見えぬ」

キリュウは尋ねた。

「敵が見えぬというのは？」

「鬼十の影を追うあまり誰もが見失っている。真の敵の姿をな」

「真の敵とは何者です……？」

「俺にもわからん。ただ、案外近くに潜んでいる……そんな気がする」

吉野を束ねるとはいえ、イブキはまだ十五。実際に采配をふるっているのは、キリュウとキドウであって、イブキはいわば傀儡《かいらい》にすぎない。

だが、イブキには、鬼の頭目《とうもく》を継ぐ者として育てられた人間だけが持つ天性のひらめきや勘のよさのようなものが備わっており、時に少年とは思えぬような物事の真理をつく発言をすることがあった。

「近くというのはいったい……？」

と、今度はキドウが尋ねた。

「それがわかれば苦労はせん」

イブキはそう言うと、二人を改めて見渡して続けた。

「ヒビキとサキの件は俺も考える。結論は少し待て」

頭目の言葉は絶対である。二人は一礼し、静かに立ち上がった。

キリュウが魔化魍にやられた足を少し引きずるように歩くのを見て、キドウが声をかけた。

「痛むのか……？」

「たいしたことはない。ただ、今日のような日は少しうずいてな」

キリュウの言葉に一同は外を見た。

部屋の外はいつの間にか薄暗くなっていた。山の天気は変わりやすい。空を見上げると、今にも雨を降らせそうな雨雲が空一面を覆っている。

（『あの日』の空に似ている）

暗くなってゆく空を見つめ、イブキは思った。

（ヒビキが化身忍者を斬れないのは自分のせいかもしれない……）

変わりゆく山の天気が、イブキに『あの日』のことを思い出させていた……。


兄弟のないイブキは、吉野を束ねる頭目の跡取りとして大事に育てられてきた。物心ついたときから鬼としての素養を躾《しつ》けられたのはもちろん、六つのころから大人に混じって修行に加わり、十歳になる前にはすでに鬼への変身術を身につけていた。

そんなイブキを吉野の大人たちはもてはやしたが、反面同じ年頃の子供たちは、あまりイブキに近づかなかった。

頭目の跡取りであるイブキに大人たちが過剰に気を遣うため、一緒に遊ぼうとする子供たちまでが気兼ねし、またどこか大人びたイブキの雰囲気は、同じ年頃の子供たちには生意気に感じられたからだ。

が、ヒビキだけは違っていた。

ヒビキはイブキに対し他の子供たちとなんら変わらず接した。

イブキより八つ歳が上のヒビキは、吉野の気風になじまぬ独立独歩《どくりつどっぽ》の性格から誰かの弟子になることを頑《かたく》なに拒み、人知れず一人で黙々と修行に励んでいた。そのためみなから異端児扱いされ、何かにつけてキドウにどなられてばかりだった。

大人たちはヒビキに近づくなとイブキに教えたが、イブキはそんなヒビキが好きだった。

鬼の枠にとらわれないヒビキの考え方や行動は、頭目の跡取りとして鬼のしきたりの中でがんじがらめの生活を強いられるイブキにはとても魅力的に映り、また、みなと距離を置いて一人で進むべき道を模索するヒビキは、跡取りとしての孤独を余儀なくされる自分の姿となんとなく重なる気がしたからだ。

だが、イブキがヒビキを慕った何よりの理由は、跡取りだからといって自分を特別扱いせず、本当の弟のように気さくに接してくれるからであった。イブキは大人たちの目を盗んでヒビキといるときだけは普通の子供にもどることができた。

そんな二人に加わったのがサキだった。

サキは幼いころから美しく可愛らしい子供であったが、同じ年頃の少女たちと遊ぶより、少年たちに混じって山を駆《か》け回るほうが好きだった。

吉野の女たちは鬼の素養は学ぶが、実際に鬼になる者はほとんどいない。多くは、鬼となる男の妻となって子を産み、鬼の血筋を絶やさぬよう務めるのがその役目だ。

だが、サキはそんな風習など自分には関係ないかのように、いつの間にか男たちに混じって修行のまねごとをするようになっていた。

年頃になれば次第に熱も冷めるだろうと、大人たちは本気でサキの相手をしなかったし、少年たちも女らしくないサキをよくからかった。だが負けず嫌いのサキは、そんな輩を反対に泣かせてしまうほど口も喧嘩《けんか》も強かった。

それゆえ、サキは少年たちからはいつしか煙たがられる存在となり、大人たちも「女だてらに」とため息をつくほどのおてんば者になっていった。

が、ヒビキだけはそんなサキをおもしろがり、彼女の修行にまじめにつきあってやった。サキも独立独歩のヒビキにどこか自分と似たものを感じていたし、ヒビキが自分を受け入れてくれることが嬉《うれ》しかった。

こうして、それぞれの境遇からなんとなく浮いていた三人は、引き寄せ合うように集まり、気がつくといつも一緒に過ごすようになっていた。


そして五年前の『あの日』……。

十歳のイブキは鬼になる力を身につけたばかり。十八歳のヒビキはすでに鬼の修行を終え、本格的に師匠を探さねばならない時期になっていた。

だが、誰かに弟子入りする気になれないヒビキは、一人で修行を続ける道を選び、自らの手で新しい音撃《おんげき》を模索していた。もちろん新たな音撃を編み出すことはたやすいことではない。ヒビキの修行は試行錯誤と失敗の連続だった。

だが、好奇心旺盛のイブキはヒビキが編み出す新しい音撃に興味津々だった。人目をさけ一人黙々と修行するヒビキの姿をこっそりのぞいては、その様子をサキに話していた。

「聞いてよ、サキ！　できたんだよ、とうとう！　ヒビキの新しい技が！」

「そんなこと言って、どうせまた出来損ないの音撃なんでしょ？」

興奮ぎみに話すイブキをサキがめんどうくさそうに受け流した。

サキは十四歳になり大人の入り口に差しかかっていたが、相変わらず鬼になりたいという熱は冷めず、誰かに弟子入りしたいと本気で考えはじめていた。それで今日もキドウとキリュウに直談判したのだが、あっさり断られてしまい、朝から機嫌が悪かったのだ。

高揚しているイブキは、そんなサキの機嫌にまったく気づかず、

「や、本当だって。今度の技は本当にすごいんだ。あのね……」

と、一方的にしゃべりはじめた。

が、なにぶんこれまで見たこともない新しい技である。しかもこっそりのぞき見した程度なので、イブキの説明が要領をえない。ただ「すごいすごい」を連発するだけで、伝

わってくるのはイブキの興奮だけだ。

めんどうくさくなったサキが堪え切れずに声を上げた。

「あー、もうわかったから。じゃ、ヒビキのところに行こう。直接見せてもらったほうが話が早いわ」

イブキは少しとまどった。

「や、でも、修行の邪魔しちゃいけないし。それに、そんなことしたらこっそりのぞいてたのがばれ……」

「いいじゃない、そんなの。それに、ヒビキにはちょうど話したいこともあるの」

サキはイブキの言葉を聞き終わらないうちに駆け出した。

「あ、待って！」

イブキは慌《あわ》ててサキの後を追いかけた。


ヒビキの修行場は、晴明寺《せいめいじ》からさらに奥深く、深い森を抜けた断崖《だんがい》の上にあった。

森を背にし、ごつごつとした岩山に囲まれた小さな草むらは、さながら天然の道場のごとく、秘密の修行をするにはうってつけの場所だった。

「タアッ！」

体は鬼、顔だけ素顔のヒビキが、音撃棒を両手に構え、岩山に気を放った。人の背丈ほどある岩山が衝撃をくらって木っ端微塵《こっぱみじん》に砕《くだ》け散った。

ヒビキは技の感触を確かめるように音撃棒を握り直した。

「……これならいけるか」

すると背後で「ヒビキ！」と声がした。

振り返ると、それはやってきたサキだった。

「何だ？　修行中は邪魔するなって言わなかったか？」

ヒビキがそう言うとサキは悪びれずに言った。

「新しい技ができたって聞いたから見に来たのよ」

「ち、ちょっとッ……ああ」

遅れて現れたイブキがサキの口を塞《ふさ》ぐことができずうなだれた。

それを見たヒビキがすべてを察して「なるほどな」と笑うと、イブキは申しわけなさそうに肩をすくめた。

崩れた岩山を見ながらサキが言った。

「で？　それが新しい技の威力ってわけ？　その程度で大喜びするなんて、イブキもまだ子供ね」

サキはイブキをからかうように笑った。

「違うよ。ヒビキの本当の力はこんなもんじゃない」

「じゃ、本当の力っていうのを見せてよ」

憤慨するイブキにサキが言い返した。

「それは……」

イブキはヒビキをチラッと見た。

ヒビキがイブキに代わって口を開いた。

「何で技が見たいんだ？」

「決まってるでしょ。修行の参考にするのよ」

「鬼にもなれない奴に技を見せても仕方ないだろ」

今度はそう言ってヒビキがサキをからかった。

「あっそ」

サキは怒って言い返すと思ったが、意外にあっさりヒビキの言葉を受け止めた。

……が、

「じゃ、鬼になれれば技を見せてくれるわけ……？」

と言うなり、突然着物をするりと脱ぎ捨て一糸まとわぬ姿になった。

男勝りな性格とはいえ、サキはれっきとした少女である。ヒビキとイブキは慌てて目をそらした。

「何やってんだ⁉　早く着物を着ろ」

と、照れながらうしろを向くヒビキに、サキは、

「目をそらさないでちゃんと見てなさいっての」

と、毅然と言い放つと手に持っていた鈴を額の前にかざし、チリーンと一鳴りさせた。

心地よい音色が響き渡ると同時にサキの体が淡い桃色の炎に包まれ燃え上がった。

ヒビキとイブキは燃え上がるサキの体に改めて目をやった。

「まさか……」

ヒビキの声を制するように「ハッ」と言うサキの気合が炎を振り払った。

そこには、鬼に姿を変えたサキ……佐鬼《さき》が立っていた。

「サキが鬼になった！　ヒビキ！　サキが鬼になったよ！」

驚き興奮するイブキに佐鬼が誇らしげに答えた。

「男どもがやれることくらい私にだってちゃんとできるんだから」

まわりの少年たちが本格的な修行に入ってゆくのと裏腹に、サキは子供のころのように修行にまぜてもらえなくなっていた。吉野で生きる女性としてサキをそろそろ躾けねばと、キリュウとキドウは大人たちに手をまわし、鬼の修行から遠ざけるよう仕向けたのだ。

が、それがかえってサキの心に火をつけた。サキは男たちの修行を黙って指をくわえて見ているだけではなく、修行の様子をすべて覚えると夜中に一人で反復し、独力で鬼への

変身術を身につけたのだ。

「負けたよ、お前には」

なかば呆れたように笑うヒビキに佐鬼が近づいてきた。

「これで新しい技は見せてもらえるわよね？」

「見せてやるのは構わないが、俺の音撃はちょっと変わってるからな。見たところで参考にならないと思うぜ」

「わかってるわよ、そんなことは」

なんとなくかわそうとするヒビキの前に佐鬼が回り込んだ。

「ていうか、ホントは新しい技なんかどうでもいいの。それより……話があるの」

佐鬼はそう言うと、ヒビキにずいと顔を近づけ改めてこう言った。

「私を弟子にしてくれない？」

ヒビキは驚いた。

「弟子？　俺のか？」

「そうよ」

鬼になった佐鬼の表情はわからないが、その声から彼女が大まじめに話していることは大いに伝わってきた。

「そんなことキドウにでも頼めばいいだろう」

と言うヒビキの言葉を佐鬼が押し返した。

「修行にすら加えてもらえないのに、弟子にしてもらえるわけなんかないでしょ。仮に鬼になれることを見せたところで、女だてらにって顔をしかめられて、そのまま放っておかれるのがおちよ」

（確かに）

ヒビキは顔をしかめるキドウを思い浮かべ、苦笑いした。

佐鬼は続けた。

「だからこうやってヒビキに見せたのよ。私が鬼になるのを見せたのはヒビキが初めてなんだから。見ちゃった責任はとってよね」

「おいおい、勝手に変身したのはそっちだろう！」

佐鬼の突然の、しかも強引な申し出にヒビキは困った。

「とにかく俺は弟子なんかとる気はないし、それに自分のことで手いっぱいなんだ」

「なによ、そうやってのらりくらりかわして。ヒビキまで私が女だからって相手にしないつもり⁉」

ヒビキの態度に佐鬼が語気を荒らげた。

「いや、別にそういうわけじゃ」

「じゃどういうわけよ」

佐鬼はさらに食い下がった。

「なんていうか。危ないだろ、やっぱり」

ヒビキはあくまで佐鬼を気遣って言ったつもりだった。が、これがいけなかった。

「それが差別してるっていうのよ！」

佐鬼はそう言うと突然ヒビキに拳を突き出した。

ヒビキはとっさによけた。

「何するんだッ」

佐鬼は改めて身構え、ヒビキを睨《にら》みつけた。

「鬼ごっこよ」

「え？」

「鬼は私よ。ヒビキを捕まえたら私の勝ち。で、ヒビキは私を弟子にする。いい？」

「そんな勝手に」

「行くわよ！」

言うやいなや佐鬼が再びヒビキに躍りかかった。

蝶のように舞い、蜂のように刺すという言葉があるが、まさに佐鬼の動きはそれを具現化するかのごとく、しなやかに動く佐鬼の体から次々と拳や蹴《け》りが繰り出される。

攻撃をかわしながらヒビキは心の中でつぶやいた。

(鬼ごっこというよりこれはもはや組み手だ)

佐鬼の蹴りがヒビキの顔面に迫る。ヒビキはその蹴りを音撃棒で防いだ。

「このおてんば娘が」

「いいのよ。本気になってくれて」

昂《たかぶ》る佐鬼がヒビキを挑発する。

二人の様子を固唾を呑《の》んで見守っていたイブキも興奮して思わず声を上げた。

「ヒビキ負けちゃだめだ！」

それほどまでに佐鬼の身体《しんたい》能力は高かった。おそらく人知れず血のにじむような努力をしたのであろう。

(たった一人でこれほどの技量を身につけるとはたいしたもんだ)

と、ヒビキは思った。が、だからといって佐鬼に捕まってやるわけにはいかない。佐鬼に捕まることは、すなわち彼女を弟子にすることだからだ。

「ヒビキが本気にならないなら、私が本気を出すわよ！」

佐鬼のすばやい蹴りがヒビキの顔をかすめた。

よけた拍子に体勢を崩したヒビキに佐鬼の腕が伸びた。

「私の勝ちね！」

(まずい……！)

ヒビキは佐鬼を振り払おうと反射的に音撃棒を振り抜いた。

……ブオォォオンッ！

ヒビキの気が伝わり音撃棒から激しい波動が放たれた。波動は佐鬼の体に直撃した。

「ウアッ！」

佐鬼の体が木の葉のように舞いあがった。

波動は佐鬼を吹き飛ばすだけでは収まらず、激しくうねりながら地面をガリガリと大きくえぐりとり、さらに周囲を巻き込みながら大きく広がっていった。

「うあああ！」

波動はそばで見ていたイブキをも飲み込み、そして大きく弾け散った……！

ズガアアアアン！

巨大な振動と共にあたりは爆風にかき消された。

（しまった……！）

ヒビキは自分が放った力の威力に愕然《がくぜん》とした。もちろん手加減したつもりだった。だが、未熟とはいえ未知数なヒビキの力は予想以上に強く、佐鬼と共に森の一部を吹き飛ばしてしまった。

舞い上がった土煙が晴れた。……が、そこにイブキと佐鬼の姿はなかった。

「イブキ！　佐鬼！」

ヒビキは叫んだ。

(もしかしたら取り返しのつかないことをしてしまったかもしれない)

ヒビキの焦りを表すかのように、空に広がった雨雲がみるみるうちに広がってゆく。

と、盛り上がった土の山がザザッと動いた。それは爆風で舞い上がった土に埋もれたイブキだった。

「イブキ!」

ヒビキは駆け寄った。

イブキは土まみれになった顔をゴシゴシ拭きながら立ち上がった。

「いやあ、ホントにすごい技だったねえ」

「大丈夫か?」

「うん。少し口の中に土が入っただけで……ペッ」

苦そうに土を吐き出すイブキを見てヒビキは安堵《あんど》した。

「あれ? 佐鬼は?」

イブキは土を払いながらあたりを見た。佐鬼の姿は見当たらない。

「佐鬼! ……佐鬼!」

ヒビキはあたりを探しまわった。

と、向こうの倒れた木々のあいだにチラリと何かが見えた。

ヒビキは急いで駆け寄った。

そこにあったのは白い裸身だった。鬼から元にもどったサキが気を失って倒れていた。

「サキ！　しっかりしろ！」

ヒビキはサキを抱き上げたが、彼女は気を失い目を閉じたままだった。

「サキ！　サキ！」

ヒビキがサキの体を揺すると、サキの額からツーッと赤い血が流れ落ち、美しい顔を赤く染めた。

ヒビキは自分の手についたサキの血を見て言葉を失った。

「サキ！　サキ！」

ヒビキのうしろからのぞきこむイブキが動揺して泣きじゃくっている。

放心したヒビキは何もできず、血を流して横たわるサキの顔をただ見つめることしかできなかった。

空を覆いつくした雨雲が、三人の体に冷たい雨を落とした……。

騒ぎは駆けつけたキドウとキリュウによって収拾がついた。

二人の冷静ですばやい処置によってサキは無事に意識を取りもどした。額の傷も見た目ほど深くはなく、体のほうもあちこちにすり傷はあるものの大事には至らなかった。

が、キドウはこのときとばかりに激しくヒビキを叱りつけた。

「一人で修行するなど思い上がったまねをするからこんなことになるのだ！」

いつもはキドウの怒号を冗談めかして受け流すヒビキも今回ばかりは黙って聞いているしかなかった。

一通りどなりちらしたキドウは、最後に吐き捨てるようにつぶやいた。

「まったく……お前までやっかい者になるつもりか」

過去にも彼を激怒させた者があったのか、『お前まで』と言ったキドウの言葉には少し違和感があった。

だが今のヒビキにそんなことを気に留める余裕はなかった。自分の技が人を、しかも大事な仲間を傷つけてしまった衝撃がヒビキの気力を完全に失わせていた。

うなだれるヒビキにキドウが告げた。

「このような不祥事を起こしたお前に鬼の資格はない。鬼の力を捨て即刻山を降りよ」

ヒビキは驚かなかった。

（そのほうがいい。人を傷つけた俺にこの山にいる資格はない……）

ヒビキ自身もキドウの申し渡しに素直に従うべきだと思っていた。

が、その申し渡しにキリュウが待ったをかけた。

「過《あやま》ちを犯し、その責任をとって姿を消すだけでは何の解決にもならぬ」

キリュウは今回のことを許し、改めてしばらく様子を見るよう提案した。

前途ある者の道をいたずらに塞ぐべきではない。それがキリュウの考え方であった。

「顔を上げるのだ、ヒビキ」

キリュウの声にヒビキはようやく顔を上げた。

キリュウはヒビキを見つめ、こう告げた。

「今回のことは鬼の力の在り方を考えるいい機会だ。お前自身がよく考え、改めて修行に活かす……それが過ちを犯したことに対する唯一の償いだ」

最終的にすべてを収めたのはキリュウだった。

ヒビキは鬼の力を消されることを免れたが、罰として三十日の禅を命じられた。

ヒビキの処遇を聞いたイブキとサキはキドウとキリュウに訴えた。

「僕がヒビキに音撃を見せてと無理やり頼んだんだ！」

「ヒビキに相手しろってけしかけたのは私よ！」

二人とも悪いのはヒビキではなく自分だと主張した。

だが、大人たちの中に二人の話を聞く者は誰もいなかった。

イブキは頭目の跡取りであり、男勝りとはいえサキはけがを負った少女である。そんな二人を罪に問うわけにはいかない。仮に二人の言葉が事件の発端だったとしても、年長者であるヒビキが若き二人の戯れ言に翻弄され危険な技を簡単に繰り出すべきでなかったと、大人は口を揃《そろ》えて言った。

罰を終えて出てきたヒビキの前でサキとイブキは頭《こうべ》を垂れた。

「ごめんヒビキ」

「許してヒビキ」

二人はヒビキの前で泣いた。それは、ヒビキに悪いことをしてしまったという気持ちもあると同時に自分の弱い立場への悔しさでもあった。

自分に大人たちに負けない力があれば、大好きなヒビキを悪者にしなくて済んだのに……二人の涙は自分の無力さに対する悔しさが流させたものだった。

ヒビキは泣きじゃくる二人の頭を撫《な》でながら言った。

「泣くなよ。悪いのは俺なんだから。な、だから泣くなって……」

が、そう言うヒビキの目からもポロポロと涙がこぼれ落ちた。ヒビキもまた幼い二人の心を傷つけてしまった自分が情けなくて仕方がなかった。

『もっと強くなりたい』

ヒビキ、イブキ、サキ……自分の力のなさを思い知った三人の若き鬼はその日、大事な誰かを守るために自分はもっと強くなると、それぞれの心に改めて誓うのであった。

「私のせいです……きっと」

話し終えたサキが最後にそうつぶやいた。

化身忍者との戦いから数日後、半蔵《はんぞう》の屋敷の一角でハヤテとカスミを相手に語っているサキの姿があった。

サキもまた、化身忍者との戦いで戦意を失ったヒビキを見て、イブキと同じように『あの日』のことを思い出していた。

「あの日からヒビキは誰かと手を合わせることを極端に避けるようになって……。自分の力は魔化魍《まかもう》を倒すことにのみ使うものでけっして人に対して振るうものじゃない、そう思ってるんです、ヒビキは。だから、たとえ化身忍者が敵だとしても相手が人ならば傷つけたくないって思ったんです、きっと……」

ヒビキが化身忍者を斬れなかったのは『あの日』のことが関わっている、そしてその理由は自分にあるのだと責任を感じているサキは、ヒビキは臆病者ではないということをハヤテとカスミにどうしても伝えたかったのだ。

「ヒビキさんは優しいのね」

カスミが顔を和ませながら言った。

「そうなんです。ヒビキはああ見えて意外と優しいんです。ま、それがわかりにくいところが玉にキズなんですけど」

話が伝わったことにホッとしたのか、表情が和らいだサキの口から冗談が飛び出した。

その冗談にカスミもくすりと笑った。

ハヤテが口をはさんだ。

「はたしてそれを優しさと言うのかな」

ハヤテは自分を見つめるサキに厳しい口調で改めてこう言った。

「奴は人を傷つけたくないのではなく、自分が傷つくのが怖いだけなのではないのか」

「そんなこと」

反論しようとするサキに構わずハヤテは先を続けた。

「戦いというのは元来誰かを傷つけることであり、時にその事実は自分の心に陰を落とす。戦いとはすなわち自分との戦い。心に落ちる陰に怯《おび》えているようでは戦いの場に出てくる資格はない」

「確かにそうかもしれません。けど、鬼はもともと人同士の争いには関わらぬことになっているし」

ヒビキをあくまで庇《かば》おうとするサキにハヤテが冷静に聞き返した。

「ならば奴の力は何のためにあるのだ？」

「それは魔化魍を倒すために……」

「人の世を脅かすのは魔化魍だけではない。大事な者を守るのに敵が誰かなど選り好みしている場合ではないのではないのか？」

「え……？」

「力を持っていても敵を倒すために使えないならその力は不要だ。なんのための自分の力か。今一度奴に考えさせたほうがいい」

ハヤテの言葉には有無を言わさぬ強さがあった。

さすがのサキも黙り込むしかなかった。

「ちょっと言いすぎでは」

カスミがハヤテをたしなめようとしたが、話はもう終わったとばかりにハヤテは立ち上がった。

「あの男のことをかいかぶりすぎたようだ」

そう言い放ち、ハヤテは部屋を出て行った。

カスミが苦笑いしながらサキに言った。

「ああいう言い方を許してあげて。ハヤテ殿なりに励ましてるつもりなんだと思うから」

「わかっています」

カスミの優しさにサキも微笑み返した。

だがハヤテの言葉が、この戦いにおけるヒビキの危うさを言い得ていることはサキにもわかっていた。

（ヒビキ……）

サキはヒビキの先行きを思うと、心の底から笑うことはできなかった。

九之巻　崩れる砦《とりで》

化身忍者《けしんにんじゃ》が半蔵《はんぞう》の屋敷を襲って十日ほどが過ぎた。

彼らが再び襲ってくる気配は今のところなかったが、伊賀忍群は引き続き警戒態勢をとっていた。同時にあの場から姿を消した謎の般若面《はんにゃめん》の捜索も行われていたが行方はつかめず、事件の黒幕は依然謎のままだった。

ハヤテは般若面を知っていたということで尋問を受けたが、般若面から文《ふみ》を受け取ったこと以外に面識はなく、とくに会話を交わしたわけでもないということで、大きな手掛かりにもならなかった。

ヒビキは一見以前と変わらぬ様子であったが、あの日以来どことなく覇気がないように見えた。何よりハヤテと話さなくなった。ヒビキ自身、戦えなかった自分に負い目を感じているのかもしれない。ハヤテもまたヒビキにとくに話しかけることもなく、二人のあいだになんとなく見えない壁ができているように思えた。

サキはそのことに気をもんだが、カスミは無理にあいだに入らないほうがよいと言い、二人はしばらく男たちの様子を静観することにした。

ほどなくして、ヒビキとサキ、そしてハヤテが半蔵の部屋に呼び出された。

化身忍者に受けた傷の手当てを受け、体中に晒《さらし》を巻いた半蔵の脇には、探索からもどったタツマキがいた。タツマキはどことなく緊張した様子で揃《そろ》った三人にこう告げた。

「血車党《ちぐるまとう》の砦らしきものを見つけたのでござる」

「血車党の……！」

ハヤテの目の色が変わった。

タツマキの話によれば、般若面が逃げ去ったあたりを捜索している途中で気になる場所を見つけたらしい。そこは自然の洞窟であったが、どこの手の者かわからぬ男たちが出入りし、中を根城にしている様子があるという。はじめは山賊《さんぞく》の類いかと思ったが、しばらく観察しているうちに、その身のこなしから男たちが忍びだということがわかったというのだ。

タツマキは慎重に続けた。

「もちろん、正体不明の忍びというだけで血車党と判断するのは早計かもしれぬでござる。ただ、このあたりは幕府直轄の土地。伊賀忍群以外の忍びが自由に徘徊《はいかい》できる場所ではござらぬ。そんな場所で秘《ひそ》かに砦を築くのは……」

「幕府転覆を狙う血車党以外にはあるまい」

ハヤテが確信したように言葉をつなげた。

「そこで頼みがあるのだ」

と、半蔵が晒に巻かれた体を改めて起こし、三人を見た。

「我らに代わってその砦を調べてきてはもらえぬか」

半蔵の傷は思ったより深かった。伊賀忍群を束ねる猛者である半蔵はけっして弱い忍びというわけではなかったが、化身忍者の力がそれ以上に上回っていたのだ。

「自分とてこれほどの手傷を負わされたのだ。敵がもし化身忍者であれば、配下の者では太刀打ちできぬかもしれぬ。伊賀忍群の力が及ばぬことを認めたくはないが、血車党殲滅を優先するならば、ここは素直にお主《ぬし》たちの力を借りたい」

敵を駆逐するため最善の策を選ぶ。真に世の中の平和を望む半蔵は、忍びとしての意地よりも、人智《じんち》を越えた脅威に対抗するため鬼と変身忍者《へんしんにんじゃ》の協力をあおぐほうが賢明と考えたのだ。

「承知した」

ハヤテの返事は早かった。

化身忍者が相手ならハヤテにとっては格好の任務である。断る理由は何もなかった。

続いて半蔵はヒビキを見た。

ヒビキは少し考えているようだった。そんなヒビキをサキは不安げに見つめた。

「お前は来なくていい」

ヒビキが答える前にハヤテが口を開いた。

一同はハヤテを見た。

自分を見つめるヒビキにハヤテがさらに続けた。

「お前たちの相手は魔化魍《まかもう》とかいう土塊《つちくれ》なのであろう。早く山へ帰って本来の悪霊退治に精を出せ」

ハヤテの言葉には取りつく島がなかった。

さすがにこの言い方にはサキが腹を立てた。

「ハヤテさん、今のは……」

「よせ。ハヤテの言うとおりだ」

ヒビキはサキを制し、改めてハヤテを見た。

「お前の言うとおり、今の俺では化身忍者を倒せるかどうかわからない。砦の探索はお前に任せる」

ハヤテは半蔵に向き直り、改めて確かめた。

「砦の探索は私に一任ということで構いませんね」

半蔵は「一人で大丈夫なのか」と少し不安げな顔をしたが、

「敵が化身忍者なら、慣れてる私だけのほうがかえってやりやすい」

と、ハヤテは頼もしく笑ってみせた。

ヒビキは二人のやりとりをただ黙って聞いていた。サキは、そんなヒビキを静かに見つめているしかなかった。

血車党の砦への案内役は、タツマキが買って出た。

砦を見つけたのはタツマキであり、何よりハヤテと旧知の間柄である。ハヤテもタツマキの同行を心強く思った。

砦へ旅立つ二人をカスミが見送った。

ハヤテは、いつものごとくカスミと言葉少なに挨拶《あいさつ》するだけだったが、ふだんは明るいタツマキもどこか重々しい顔で、カスミとあまり言葉をかわそうとしなかった。

むろん、そんな父の様子に娘のカスミが気づかないわけがない。

「大丈夫ですか、父上」

と、カスミは心配になって声をかけた。

考えてみれば、ここ最近のタツマキは強行軍である。吉野《よしの》へおもむき、傷を負った体で鬼十《きじゅう》の里に駆《か》けつけ、化身忍者が屋敷を襲ってからの数日は探索に出る毎日。彼がいくら熟練の忍びとはいえ、傷が完治しないままこれだけ動いていれば、さすがに疲れも出てきているのかもしれない。カスミはそう思った。

タツマキはそんなカスミの思いを察したのか「心配はいらん」と笑ってみせた。

カスミは少しホッとしたものの、元来のおせっかいぶりが顔を出し、

「私もついて参りましょうか」

と、くノ一時代のように思わず口にした。

「ならぬッ！」

タツマキがひときわ大きく声を荒らげた。それにはカスミも、そしてハヤテも驚いた。

タツマキが声を荒らげるのは珍しい。忍びとしては厳しいタツマキであるが、温和で人のよい彼が他人に対し、むろん家族に対しても声を荒らげることなどめったにないからだ。

キョトンとして自分を見つめるハヤテとカスミに気づき、タツマキが我に返った。

「あ、いや……お前はもうくノ一ではない。戦の場にむやみに首を突っ込む必要はない」

と、改めて静かにカスミを諭した。

そして、最後に真顔でこう言った。

「お前は早く江戸に帰れ」

カスミはいつにないタツマキの真剣な顔にやはり様子が少しおかしいと感じ、なおも話しかけようとしたが、

「タツマキはお主が心配で仕方ないようだな」

という声が二人のやりとりを遮《さえぎ》った。

見ると、いつの間にか一同の背後に半蔵が立っていた。

やはり自分がやるべきことをハヤテに頼んだことが心苦しいのか、傷をおして見送りにきたらしい。

「ハヤテ殿、よろしく頼む」

半蔵はハヤテに一礼したあと、改めてタツマキを見た。

「タツマキも。くれぐれもよろしく頼むぞ」

タツマキは無言で頭を下げ、「さ」と、ハヤテをともなって足早に去っていった。

カスミは二人のうしろ姿を見送りながら、

「大丈夫でしょうか……」

と、心配げにつぶやいた。

「案ずるな。タツマキはお主の父……すべてうまくゆく」

半蔵はカスミを見て、優しく笑いかけた。


ハヤテたちが出発したころ、ヒビキは屋敷の裏手にある深い森の中にいた。

化身忍者との戦いがあってからの数日、ヒビキは暇があるとここに来て一人で鍛錬に励んでいた。

ヒビキは神経を集中させ、手に持った巻物の先端に音叉《おんさ》を打ちあてた。

キィイン……。

音叉の音色が巻物を包みこむと、巻物はボウッと燃え上がり炎の塊《かたまり》となった。炎はヒビキの手のひらの上で生きているようにうごめき、それはまるで羽根をばたつかせる鳥のようにも見えた。

「ん……」

ヒビキはさらに気を送った。

気によって炎の鳥はヒビキの顔と同じくらいにまで大きくなったが、やがて形を保つことができなくなってボウッと燃え尽き、元の巻物に姿をもどして地面に落ちた。

「ハァハァ……まだダメか」

ヒビキは荒い息をしながら巻物を拾い上げた。

「今の術は何……？」

声に振り向くとサキが立っていた。

「鬼十の部屋で見つけた代物さ。お前に見せるのをすっかり忘れていた」

ヒビキが巻物を広げてみせた。

大きな鷹《たか》の絵の横に書かれた文字を見てサキが声を上げた。

「鬼文字……！」

「この巻物には仕掛けが施してあってな。鬼文字で書かれたものなら鬼なら使えるんじゃないかと思って試してたのさ」

「何なのこれは？」

「さあな。まだ使いこなせてないんでハッキリしたことはわからない」

ヒビキはそう言いながら巻物を丸めて懐に入れ、改めてサキを見た。

「それよりどうしてここに？　俺を探してたのか？」

「あ、うん。ハヤテさんたちが出かけたことを伝えようと思って」

「そうか」

ヒビキはそう言うとサキに背中を向け、腰から音撃棒《おんげきぼう》を引き抜いて素振りのように振りはじめた。

サキは大きく森の空気を吸い込み、フウと気持ちよさそうに息を吐いた。

「……なんだか落ち着く。いいところを見つけたね」

「ああ。誰も来ないし、鍛錬するにはちょうどいい」

「さすがだね。旅先でもちゃんと鍛錬を続けてるなんて」

「そんなかっこいいもんじゃない。どうすればいいかわからないからとにかく体を動かしてる。ただそれだけだ」

そう言って音撃棒を見つめるヒビキの背中を見て、サキは言葉をつまらせた。

サキはヒビキを心配し、なんとか力になりたいと励ますつもりでやってきた。だが、ヒビキがこうなったのは自分のせいだという負い目もある。そんな自分に何が言えるのか。そう思うと、何も言葉が思いつかなくなってしまった。

「……俺は何で鬼をやってるんだろうな」

音撃棒を見つめるヒビキがポツリとつぶやいた。

元来、鬼になること自体ヒビキの願ったことではない。吉野で育った、それだけの理由でみなと同じように鬼になる修行を課せられただけだ。そして、修行して強くなることにほんの少し喜びを感じていただけにすぎない。今思えば魔化魍退治とて修行の成果を試す格好の実地訓練としか思っていなかったかもしれない。魔化魍は心を持たぬ悪気《あっき》で人を襲う害敵であり、ハヤテの言うとおり所詮《しょせん》は土塊である。少なくとも相手を倒すことに気兼ねする必要はなかった。

が、化身忍者は違う。彼らは思想を持った賊、しかも元は自分と同じ血の通った敵である。そんな敵を前にしたとき、自分には敵を倒す思想や目的……ハヤテの持つ様な「覚悟」が欠落していることを明らかに痛感させられてしまったのだ。

自分の力は何のためにあるのか……？

自分は何のために戦っているのか……？

ヒビキは完全に自分を見失っていた。いや、改めて自分がどうあるべきかを考えさせられていた。

「私が鬼になったわけ……知ってる?」

サキの声に、音撃棒を見つめ思いにふけっていたヒビキは我に返った。

「どうして私が鬼になりたいと思ったか……本当の理由を話したことなかったよね」

(本当の理由……?)

ヒビキは改めてサキを見た。

もちろん、これまでに聞いたことがないわけではない。吉野の女がほとんど鬼にはならない中で率先して鬼になる道を選んだサキだ。どうして鬼になりたいのか、何度か聞いた覚えがある。が、サキはだいたい「おもしろそうだから」とか「吉野のために力になりたい」と答え、言葉どおりに受け取ったヒビキもそれ以上は深く尋《たず》ねてはいなかった。

サキは大きく一息ついて、こう言った。

「私ね。強くなりたかったの……ヒビキみたいに」

「は?」

ヒビキはサキの意外な告白に驚いた。

「ホントよ、これ」

と、サキは少しいたずらっぽく微笑んだ。

「強い……? 俺が……?」

ヒビキは尋ね返した。

「世の中の人たちって、だいたいがどこかの誰かが決めた道に沿って生きてるわけじゃない？　武士は武士らしく、百姓は百姓らしく。吉野にいる人たちだって、みんな吉野のしきたりの中で生きてる。けど、ヒビキは違うんだよね」

サキはそう言いながら、ヒビキが手に持つ音撃棒に目をやった。

「ヒビキは与えられた道をただ歩くんじゃなくて、自分の道を探そうとしてる。ううん、探すだけじゃなくて、実際新しい道を作ろうとしてる。与えられた道を歩けば楽なのに、わざわざ苦しい思いをして自分が歩きたい道を見つけようとしている……」

サキは吉野によく似た森に目を移しながら、昔を思い出すように続けた。

「私ってさ、吉野の女の中では変わり者扱いだったじゃない？　だから、誰になんと言われようと我が道を行くヒビキがすんごく強く見えたんだよね。でね、私もそんなふうになりたくて。強くなれば、鬼になれば、ヒビキと一緒に、ずっといられる……そう思ったの」

森に目を向けるサキの顔はヒビキから見えなかった。ヒビキはサキの背中を黙って見つめていた。

「なのに……ゴメン」

背中を向けたままサキが小さくつぶやいた。

「私がしゃかりきにヒビキを追いかけたせいで、ヒビキに迷惑かけちゃって……。ヒビキが戦えないのって、きっとあの日の、私のせいだよね……」

そこまで話してサキは言葉をつまらせた。

少し小さくなったサキの背を見て、ヒビキが口を開いた。

「お前が謝ることはない」

その言葉に振り返ったサキの目に、神妙な面持ちのヒビキが映った。

「あの日のことは確かに今でも俺の中に深く刻まれてる。自分の力が人の命を奪う道具になりかねないことに恐怖を覚えたし、人を傷つけることの痛みも思い知った……」

そう言って、ヒビキは手に持った音撃棒を改めて見た。

「けど、それはけっしてお前のせいじゃない。全部未熟な俺自身のせいだ。だから化身忍者と戦えなかったこともあの日のこととは関係ない。俺の心が弱いから人が斬れない……ただそれだけだ」

自責の念にかられ音撃棒を見つめるヒビキにサキは言った。

「ヒビキは人を斬れないんじゃない。人だから斬りたくない、そうでしょ?」

その言葉にヒビキが顔を上げた。

「それがヒビキの優しさだし、それがヒビキの強さだと私は思うの」

サキはそう言って、さらに力強く続けた。

「鬼としてとか、戦う者の覚悟とか、人はいろいろ言うけど、そんなことどうでもいいじゃない。今までだって自分の信じた道を歩いてきたんだもの。ヒビキはヒビキ、それでいいと思う」

（自分の信じた道……）

ヒビキはサキの言葉を心の中で繰り返した。

その言葉は自分を見失いかけたヒビキにとって力のある言葉だった。いや、言葉に力があるというのは変かもしれない。それは初めて聞く言葉ではなかったし、自分自身の中に思い浮かんだこともある。だが、サキに言われてヒビキは初めてその言葉に納得した。

（どうしてサキに投げかけられた言葉がこんなに心に響くのか……）

ヒビキはそんなことをぼんやりと考えながらサキの澄んだ瞳を見つめた。

サキは、自分をまっすぐ見つめるヒビキにハッとなり、

「ね？」

とだけ言うと照れ隠しのように空に目を向けた。

ヒビキも「ああ」とだけ答えると、あとはそれっきり。

森に鳴く鳥や吹き抜ける風の音だけが言葉のない二人のあいだを流れていった。

ガサッ……。

二人の背後で何かが動いた。

ヒビキとサキが緊張して振り返ると、そこにはあの般若面がいた。

「こいつは……！」

構えをとるヒビキに対し、般若面はただ立っているだけで構える気配はない。

「何者なんだ、お前は？」

ヒビキの問いかけに般若面は無言のままだ。

ヒビキはジリジリと間合いをつめようとするが、般若面はヒビキがつめる分だけ下がり一定の距離を保ち続けている。

（どういうつもりだ……）

ヒビキがそう思った瞬間、般若面が踵《きびす》を返して走り出した。

「待て！」

反射的にヒビキも走り出した。

（奴が何者かはわからない。だが、化身忍者の手掛かりを持っていることだけは確かだ）

ヒビキは、ここで逃がしてはならないと般若面を懸命に追った。

「ヒビキ！」

とっさにサキも後を追った。

般若面を追う二人の若い鬼の姿が暗い森の奥へと吸い込まれていった。

タツマキに先導され、ハヤテがやってきたのは深い谷であった。

「あそこでござる」

タツマキが指差す谷の奥に、洞窟の入り口が見えた。

そこは外界からの侵入を拒むように両脇を高い崖で挟まれた自然の要塞であり、血車党が砦を築くには確かにうってつけの場所であった。

「暗くなるのを待って忍び込むのでござるか？」

「いや、中に入れば昼も夜も関係あるまい。ならば今すぐ」

ふだんは冷静なハヤテも血車党のこととなると熱くなる。砦を目の前にして、気持ちが先走っているようだった。

武器を確認しサッと立ち上がるハヤテを見て、
とタツマキも立ち上がろうとしたが、

「では拙者《せっしゃ》も」

「お前はここで待っていてくれ」

とハヤテが制した。

「何を言うのでござる。ここまで来たら拙者も」

「吉野で受けた傷もまだ癒えてはいまい。戦いになったとき、その体では不利だ」

「なんのこれしき」

タツマキは食い下がったが、ハヤテがいつになく強い口調で言った。

「カスミも来ている。あまり心配をかけるな」

口調こそ強かったが、その言葉にはハヤテの優しさがにじみ出ていた。タツマキにはそれが痛いほどわかった。

「それにこの先のことは、俺が半蔵殿に託された仕事。タツマキはここまで案内してくれただけで十分だ」

ハヤテは一度こうだと決めれば誰がなんと言おうとそのとおりに進む男である。そんなハヤテを当然知っているタツマキは、これ以上話しても仕方ないことをいち早く悟り、ハヤテの言うとおりに従うことにした。

「ならば拙者はここで見張りを続けるでござる。だが、くれぐれも気をつけてくだされ」

「わかっている」

ハヤテはタツマキに笑顔を見せると、ゴツゴツと切り立つ岩山の合間を軽快に走り抜けていった。

「ハヤテ殿……」

谷の奥へと消えてゆくハヤテのうしろ姿をタツマキがいつになく沈痛な面持ちで見送った。

「見張りはとくにいないようだな……」

洞窟の入り口にたどりついたハヤテは、人の気配がないのを見ると足音を忍ばせながら中へと入っていった。

奥に進むに従い、洞窟特有の冷たい空気がハヤテの体を包みこんでゆく。

洞窟にはいくつかの横穴があったがとくに怪しい気配もなく、ハヤテは奥へとつながっている大きな穴をまっすぐ進み続けた。

「……妙だ」

しばらく進んだところでハヤテは足を止めた。

洞窟がこの先どこまで続くのかわからない。だが、ここを砦だとするのは誤りかもしれないとハヤテは思いはじめた。

タツマキは、怪しい者たちが出入りするところを見たと言ったが、そのわりに人の気配がなさすぎるのだ。屋敷で半蔵が襲われたとき、遠く離れたその異変を感じとったほどの聴覚を備えたハヤテである。洞窟の中を闊歩《かっぽ》する化身忍者たちがいようものなら、すぐさまその気配を察知できるはずだった。

（もともとここではなかったのか、それともすでに場所を移したあとか……）

そのとき、突然足下の地面が崩れ落ちた。

「!?」

ハヤテはとっさに飛び上がろうとしたがすでに遅く、体は崩れた地面と共に暗い地の底へと吸い込まれていった。

衝撃に備え身を固くするハヤテの体が何かに受け止められた。

幸いなことに地面に叩《たた》きつけられるのはまぬがれ、やわらかい何かの上に落ちたらしい。暗闇の中、不思議な弾力に包まれた体を起こそうとハヤテは身をよじった。

が、ヌチャッと嫌な感触が体をからめとり、身動きがとれない。

(何だ……?)

暗闇の中、ハヤテは状況を確かめようと目をこらした。

その瞬間、冷たかった洞窟の空気に突然生暖かい風が流れ込んできた。

それは暗闇の中でうごめく何かの気配だった。

(人か……それとも化身忍者か……いや、違う。かと言って獣でもない……)

感じたことのない謎の気配……ハヤテに緊張が走った。

すると突然、暗闇の中に赤い光の玉が浮かび上がった。

しかもそれは人の顔ほどに巨大な光で、一つ、二つ……いや、赤い六つの光の玉が一《ひと》塊《かたまり》になってハヤテのほうへと向かってくる。

「これは……!?」

ハヤテは、暗闇に慣れてきた視界の中に異様なものをとらえた。

赤い六つの光の玉……それは巨大な〝何か〟の目だった。その〝何か〟は、虎のような体毛で覆われ、その体から何本もの脚をはやした蜘蛛《くも》のような巨大な化け物だった。

「そうか……」

ハヤテは自分がとらわれているものを改めて見た。

彼の身をからめとっているのは、まさに巨大な蜘蛛の巣だった。おそらくこの化け物が仕掛けたのであろう。ハヤテは化け物が仕掛けた罠《わな》に見事にはまってしまったというわけだ。

キャシャアアアア……！

身動きできぬハヤテをあざ笑うかのように化け物が巨大な口を開いた。化け物は、六つの赤い目を不気味に光らせながらハヤテに迫ってくる。

化け物の正体はわからない。だが、自分を狙っていることだけは確かだ。ハヤテは体をよじって巣から逃げようとするが、ヌチャッとした粘液は思いのほか強力で脱け出すことができない。

（変身さえできれば……）

ハヤテは背中の刀に手を伸ばそうとした。だが、粘液にからめとられた右手は容易に上がらない。

虎と蜘蛛のあいの子のような化け物の醜悪《しゅうあく》な顔がハヤテの眼前まで迫り、生臭い息がハヤテの顔に吹きかかる。大きく開けた口に並ぶ涎《よだれ》まみれの鋭い牙が怪しく光る。

キャシャアアアアア……！

化け物の鋭い牙がハヤテの体を噛《か》み砕《くだ》いた！

……と思いきや、鋭い牙はすんでのところで体をひねったハヤテの右肩をかすって、蜘蛛の巣をスパッと切り裂いただけだった。

（しめた！）

蜘蛛の巣が切れたおかげで右手の拘束が解けたハヤテはすばやく刀を引き抜いた。

「吹けよ嵐！　……嵐！　……嵐！」

キュィイイイン……。

奇妙な音色に導かれた無数の羽根に包まれたハヤテの体から眩《まぶ》しい光が放たれ、六つの目にもろに光を浴びた化け物が苦しそうに後退する。

眩しい光が蜘蛛の巣を消し飛ばすと、舞い散る羽根の中に鷹の化身が姿を現した。

「変身忍者　嵐《あらし》……見参《けんざん》！」

己を鼓舞《こぶ》するように名乗りを上げ、嵐は六つ目《むめ》の化け物に斬り込んだ。

が、虎の毛のような黄色い体毛の下は甲虫のように硬い皮膚に覆われ、刀を通さない。

六つ目の化け物は改めて嵐を見ると、蜘蛛のような巨大な脚で嵐を振り払った。

攻撃をよけた嵐は刀を構え直し、改めて化け物を見た。

「なんて化け物だ……」

六つ目の化け物の体は人の大きさのゆうに五倍はある。さまざまな化身忍者を倒してきた嵐もさすがにこれだけ巨大な化け物と戦うのは初めてだった。

キシャアアアア……！

六つ目の化け物が再び嵐に襲いかかる。飛び上がった嵐は、上空から化け物の頭めがけて突っ込んだ。

「たあッ！」

突き出した刀が六つ目の一つを貫いた。

ギヤアアアアアアアア！

六つ目の化け物がもがき苦しみ暴れ出す。

「ここか！」

弱点を看破した嵐は、暴れる化け物に振り落とされぬよう必死にしがみつきながら、一つ、また一つと次々に赤い目をつぶし、化け物の体から飛び降りた。

ギヤアアアア！　ギヤアアアア！　ギヤアアアア！

すべての目をつぶされ、もはや目無しとなった化け物が怒り狂いながら嵐を探す。

「こっちだ！」

嵐は声を上げ、化け物の気を引いた。

声を聞いた化け物は反転し、キシャアアアアアア！　と大きな口を開けたまま猛烈な勢いで突っ込んでくる。

嵐はその場を動かず、突進してくる化け物に刀を構えた。

「とどめだ！」

嵐の刀は、大きく開いた化け物の口の中にまっすぐ突き刺さり、内側から化け物の脳天を貫いた。

ギヤアアアアアアアアアアアアアアアアアアアアアアアア！

脳天を貫かれた化け物は断末魔《だんまつま》の悲鳴を上げ、その場にズシンと倒れた。

「ハァ……ハァ……」

さすがの嵐も初めての巨大な敵にかなりの体力を使ったのであろう。珍しく荒い息をつきながら、鞘《さや》に刀を収めた。

ビクン……倒れた化け物の脚が不気味に動いた。

「ん？」

と嵐が気づくも、時すでに遅く、蜘蛛のような脚はブンと大きくうねって嵐の体を思い切り弾き飛ばした。不意の攻撃をもろに食らった嵐は洞窟の壁に激しく激突し、そのまま地面に転がり落ちた。

「ううっ……」

痛みを堪えて身を起こした嵐の前で、倒したはずの化け物がゆらりと体を起こし、つぶしたはずの目がスーッと元の六つ目へと形をもどしていく。

「何……⁉」

再び生気を取りもどした六つ目の化け物が嵐に向かって蜘蛛の糸を吐き出す。

キシャアアアアアアア……！

「くっ！」

白い蜘蛛の糸が嵐の体をまたたく間に覆いつくす。

（倒したはずなのに……⁉）

手応えはあった。化け物の息の根は止めたはずだ。だが、現実に化け物は息を吹き返している。どういうわけかはわからない。嵐は捕らわれながら、この未知なる化け物に改めて恐ろしさを感じていた。

改めて嵐を標的と定めた化け物が、赤い六つの目を不気味に光らせながら嵐に近づいてゆく。

蜘蛛の糸に捕らわれた嵐は完全に身動きがとれなくなっていた。

刀さえ振れれば蜘蛛の糸を切り裂くこともできるかもしれないが、刀を抜こうにも全身にぐるぐると絡みついた蜘蛛の糸の下にあり、ギリギリと締め上げる蜘蛛の糸によって両足を開くことも叶《かな》わず、嵐は立っているのがやっとの状態であった。

キャシャアアアアアア！

反撃のできない嵐をあざ笑うかのようにひときわ大きな咆哮《ほうこう》を上げた六つ目の化け物が、猛烈な勢いで嵐に突進する。

(喰《く》われる……!)

そのとき、嵐の目に赤い光が映った。

はじめは化け物の赤い目かと思った。が、熱を帯びたその赤い光は、六つ目の化け物の頭上から次々と降り注ぎ、化け物の突進を遮った。

「嵐!」

声のするほうを嵐が見上げると、穴の上には煌々《こうこう》と輝く炎をたたえた音撃棒を両手に構える響鬼の姿があった。

「タアーッ!」

気合の声と共に穴の中に飛び込んだ響鬼はそのまま急降下すると、六つ目の化け物の胴体に強烈な蹴《け》りを食らわせた。

キャシャアアアアアア!

響鬼の重い蹴りを食らい、六つ目の化け物がひるんだ。

そのすきに響鬼は嵐に近づき、音撃棒を剣に変化させると、嵐の体にまとわりつく蜘蛛の糸をスパッと切り裂いた。

「どうしてここに?」

嵐が響鬼に尋ねた。

「般若面を追っていたらここにたどりついた」

響鬼は答えた。

森の中で般若面と遭遇したヒビキは追跡しながら響鬼に変身し、般若面を追い続けた。身軽ですばやい般若面は響鬼の追跡をかわしながら、森を抜けたところにある小さな洞穴に飛び込んだ。響鬼も同じく飛び込んだが、中は迷路のように入り組んでおり、般若面を追ううちにここにたどりついたのだ。

「嵐がいるということは、ここが血車党の砦か」

「響鬼が入ってきたのはどうやら別の入り口のようだな」

二人が互いの状況を確認していると、ひるんでいた六つ目の化け物が体勢を立て直した。

嵐は刀を抜きながら響鬼に言った。

「気をつけろ。やつに普通の攻撃は通用しない」

「わかってる。あいつは〝ツチグモ〟って言ってな。人を喰うために暗い森や洞窟に潜んで罠を張るたちの悪い魔化魍だ」

「魔化魍……？」

嵐は響鬼の言葉を聞き、改めて六つ目の化け物を見た。

「魔化魍を倒すには清めの音しかない」

響鬼はそう言いながら剣に変化させた音撃棒を構え、ツチグモに突っ込んでいった。

巨体のわりにすばやく動きまわるツチグモが、迫る響鬼めがけて白い糸を吐く。が、響鬼はその攻撃を読んでいたかのように巧みにかわし、ツチグモの脚を次々と斬り飛ばした。そして脚を失いズシンと地面にくずおれたツチグモの背に飛び乗ると、腰に巻きつけた太い帯の中心から丸い火炎《かえん》鼓《つづみ》を引き抜き、ツチグモの背にすさまじい力でめりこませた。

ギャアアアアアアアアアア！

苦しみもがくツチグモの上で、響鬼は音撃棒・烈火《れっか》を元の形にもどすと、もう一本の烈火を腰から引き抜き、二刀流の構えのごとく大きく振り上げた。

「火炎連打《かえんれんだ》！」

気合の声と共に、ツチグモの背中にめりこませた火炎鼓に烈火を打ち込む響鬼。

ドゴドゴドゴドゴドゴドゴドゴドゴドゴドゴ……！

太鼓の早打ちのごとく繰り出す猛烈な連打。清めの音を注ぎ込まれ苦しむ魔化魍の体からまばゆい光が漏れ出す。

ドゴドゴドゴドゴドゴドゴドゴドゴドゴドゴ……！

「おりゃああああああ！」

高まる響鬼の気合に呼応するようにツチグモの体がひときわ激しく光る。

ギャアアアアアアアアアアアアアアアアアアアアアアアアアアアア！

ツチグモは断末魔の鳴き声を上げ四散し、飛び散る肉片は、悪気の消えた土の雨となってあたり一面に飛び散った。

「大丈夫か」

ツチグモを倒した響鬼が顔だけをヒビキにもどし、嵐に振り返った。

「ああ」

嵐もそう答えながら鞘に刀を収め、ハヤテの姿にもどった。

そして、

「俺はお前に詫《わ》びなければならんようだ」

と、改めてヒビキを見た。

「何をだ？」

ヒビキは尋ねた。

「魔化魍は俺の想像を遥《はる》かに越え、そして俺の力で倒すことが叶わぬ敵だった。こんな奴らを相手に戦ってきたお前に今朝は失礼な物言いをしてしまった。すまぬ、許してくれ」

ハヤテは真摯に詫びた。

「いや、お前が言っていたことはもっともだ」

ヒビキはそう返すと、さらに言葉を続けた。

「所詮魔化魍は悪気をはらんだ土塊、血が通っているわけじゃない。血の通った敵を斬れない俺に覚悟が足りないことは、まぎれもない事実だ」

「お前は自分に覚悟がないと本当に思っているのか？」

そう言いながらハヤテは改めてヒビキを見た。

「サキ殿を守ろうと俺に斬りかかったとき、お前にとって俺が人かどうかは関係なかったのではないか？」

ハヤテの言葉にヒビキはハッとした。

（そうだ。あのとき、俺はハヤテが嵐に変わるところを見ていたはずだ。なのに、人が変身したとわかっていて何故俺は戦えたんだ……？）

「それは、お前の戦う理由が『誰かを守るため』だからだ」

ヒビキの心を見透かすようにハヤテは続けた。

「お前は敵が自分に牙を剝いたくらいでは簡単に戦うまい。だが、敵がお前にとって大事な誰かを傷つけるようなら、そのときは迷うことなく敵を粉砕するはずだ。お前と刀を交えたとき、俺は感じた。お前には大事な者を守るために命を投げ出す覚悟がある……そういう男だと」

ハヤテの意外な言葉にヒビキは驚いた。

「俺はそういうお前がうらやましい」

ハヤテがポツリとつぶやいた。

「血車党を叩き潰すことは、ある意味世のため人のためになることかもしれぬ。だが、俺の目的は父の汚名を濯《そそ》ぐ……つまり、俺が戦うのはあくまで父の誇りを守るため。誰かを守れるほどの覚悟など俺にはない」

そう言いながらハヤテは少し寂しそうな顔をした。

ヒビキはハヤテにただよう孤独感の正体がようやく理解できた気がした。

ハヤテこそ、自分のために誰かが傷つくことを恐れている。だからこそ、ハヤテは自分の心を律し続けているのだと。宿命を背負うのは自分だけでいい、その宿命に誰かを巻き込み、自分のために傷つくことがないよう、理解しようと近づく者にでさえ距離を置く。そのためにハヤテは孤独を貫いているのだ。その考えはもしかして間違っているのかもしれない。だが、それがハヤテなりの優しさであり、覚悟なのだ。

「それでいいじゃないか」

ヒビキが口を開いた。

「戦う理由は人それぞれだ。ハヤテはハヤテらしく自分の信じる道を行けばいい」

「自分の信じる道……」

ハヤテはヒビキの言葉を繰り返した。

ヒビキは頭をかきながら言った。

「や、ま、これはじつはサキの受け売りなんだけどな。俺もそう言われて、頭の中にあったモヤモヤがなんだかスッとしたんだ」

そう言って笑いかけるヒビキの顔からは、ハヤテと別れる前にあった迷いの色は消えているようだった。

「お前はいい仲間を持ったようだな」

ヒビキの笑顔につられ、ハヤテも表情をゆるめた。

『自分の信じる道』

サキが投げかけた言葉は、独立独歩《どくりつどっぽ》で歩んできた二人の心に小さな灯をともし、互いの心をつなぐ橋渡しになったようだった。

「ヒビキ！」

と、上空から突然声が聞こえてきた。

二人が顔を上げると、大きく空いた穴の縁《ふち》からサキがのぞきこんでいるのが見えた。ヒビキと共に般若面を追ってきたサキは、洞窟内でヒビキとはぐれ、ようやくここまでたどりついたのだ。

「あれはサキ殿か」

「もしかして、そこにいるのはハヤテさん？」

耳のよいサキは暗がりの中でハヤテの声を聞き分けたようだ。

ヒビキが下から声を返した。

「ああ。どうやらこの洞窟は血車党の砦らしい。ハヤテがさっきツチグモに襲われた」

「ツチグモ？　魔化魍がどうして血車党の砦に？」

「さあな」

二人の会話にハヤテが割り込んだ。

「ここが血車党の砦かどうかはまだわからん。もしかすると見当違いかもしれん。それより般若面を追ってきたとはどういうことだ？」

ヒビキは答えた。

「奴が俺の前に姿を現したんだ。で、奴を追ってきたんだが、ここに入って見失ったんだ。般若面がここに来たということは、奴もやはり血車党の……」

サキは足下の暗がりでどんどん話が進んでいきそうなのに堪え切れず、

「待って、私にも聞かせて。今そっちに降りるから」

と二人の元に降りようと穴の縁に手をかけようとした。

そのとき……、
ズガァァァアアアアン！

突然、激しい爆発音が鳴り響いた。

「何？」

サキは揺れる地面に伏せ、身構えた。

爆発音に続き、ヒビキとハヤテがいる穴の岩壁が猛烈な勢いで崩れはじめた。

地滑りを起こし穴の中に流れこんでゆく岩と土が、あっという間にヒビキとハヤテを呑《の》み込んでゆく。

「ハヤテ！」

「ヒビキ！」

土に流されながら二人は互いの手をとろうとした。が、崩れ落ちてくる岩がヒビキとハヤテの頭上から次々と襲いかかった。

「うわあああああ！」

声を上げる二人の姿が猛烈な勢いで崩れ落ちてゆく岩の下に見えなくなってゆく。

「ヒビキっ！　ハヤテさん！」

サキは身を乗り出し、穴の中へと飛び込もうとした。そのサキの腕を誰かがグッとつかんだ。サキは腕をつかんだ者の顔を見て驚いた。

それは屋敷でハヤテたちを送り出したはずの服部《はっとり》半蔵だった。

「どうしてここに……!?」

半蔵は答えず、ヒビキとハヤテが生き埋めになった穴の底をのぞきこんだ。

「助けてください！　あの下にヒビキとハヤテさんが！」

「それでよいのだ」

半蔵は静かに答えた。

「どうして……」

言い返そうとするサキを遮るように半蔵が暗闇の奥に声をかけた。

「よくやってくれた」

その声に応えるように暗闇の中からタツマキが静かに姿を現した。

「タツマキさん……⁉」

タツマキはサキの顔を見ず、半蔵のそばに膝をついた。

「これで邪魔者は消えた」

満足げに笑う半蔵を見て、サキは悟った。これは伊賀忍群が仕掛けた罠だったということを。

「タツマキさん、これはいったい……⁉」

その問いに答えず、タツマキはサキに当て身をくらわせた。

「うっ……」とうめき、倒れるサキをタツマキは無表情に見おろした。

十之巻　立ち塞《ふさ》がる父

ピチョン……ピチョン……。

「ん……んん……」

どこからか聞こえてくる水の音で、サキは目がさめた。

（ここは……）

薄暗い闇の中で目をこらすとかすかにあたりが見えてきた。そこは石の壁で囲まれた小さな部屋のようだった。

サキが動こうとすると、何かが彼女の腕をグッと引き止めた。

ドキッとしてサキが自分の腕を見ると、それは石の壁から伸びる錆《さ》びた鎖だった。サキは、自分の手足が鎖につながれ、壁に磔《はりつけ》にされていることに気がついた。

（私はいったい……）

タツマキに当て身を食らわされてからの記憶はない。おそらくあのあとここに運び込まれたのだろう。詳しいことはわからないが、自分が囚われの身であることだけは確かなようだ。サキはそんなことをぼんやり考えながら、天井を見た。

頭上にある石の天井の隙間《すきま》からピチョンピチョンと水が滴り落ちている。

自分が聞いたのはどうやらこの音だったらしい。

「あの洞窟のどこかかしら……」

と思いをめぐらせ、サキはハッとなった。

あの洞窟の中でヒビキはハヤテと共に崩れた土砂の下に生き埋めとなった。そのあと二人がどうなったのか、直後に気絶させられたサキに知る由もない。

「ヒビキ……」

言いようのない不安と焦りがサキの心に暗雲のごとく広がっていった。

と、目の前の壁の隅が突然ギイと開いた。それは石の壁に設けられた小さな木戸だった。

サキが緊張しながら見つめていると、木戸の奥に広がる暗闇がボウッと明るくなり、松明《たいまつ》を持った男が中に入ってきた。

(この男は……)

サキは、耳の大きなその片目の男に見覚えがあった。男はカスミがやってきたことを告げにきた『猿《さる》ノ助《すけ》』と呼ばれていた半蔵《はんぞう》の部下だ。

「ここはどこッ？」

尋《たず》ねるサキに猿ノ助は答えない。

「ヒビキは？　ハヤテさんはどうなったの……？」

黙ったまま石の壁に松明をかける猿ノ助にサキは問い続けた。

「半蔵さんとタツマキさんはどこにッ？」

猿ノ助の片目がサキをギロッと見た。その眼光の不気味さにサキは一瞬ひるんだが、負けてなるものかと睨《にら》み返し、語気を強めた。

「伊賀忍群はいったい何を考えているの……？」

猿ノ助が口を開いた。

「知ったところで何も変わんねえさ」

そして、サキの前にひょこひょこ近づきこう続けた。

「そんなことより、おめえはこの俺に素直に体を預けることだけ考えてりゃいいんだ」

猿ノ助の不気味な言葉にサキの顔が曇った。

「どういう意味……？」

「俺はな、鬼の力を持つ者がどういう体をしているのか、その秘密を探るよう仰せつかってんだ。お前はここでその体を晒《さら》し、隅々までくまなく調べ上げられるってわけだ」

「何ですって……！」

サキの背中に悪寒が走った。

本能的に身の危険を察したサキは逃れようと身をよじったが、腕を捕らえる鎖は頑丈でサキの力では引きちぎることは叶《かな》わない。

（鬼に変わればこんな鎖……！）

鈴の音さえ鳴らすことができれば、鬼に変身することができる。サキは、腰につけた鈴を鳴らそうと大きく体を振った。だが音が鳴らない。サキが腰に目をやると、いつもつけてあるはずの鈴がない。

「探しもんはこれかい？」

猿ノ助が手を開くと、そこにサキの鈴があった。

「！」

サキの焦りをあざ笑うかのように薄ら笑いを浮かべる猿ノ助の顔が、松明の炎に不気味に照らし出された。

「こんな仕事を仰せつかるとは俺も運がいいぜ……」

サキの体をいやらしく舐《な》め回すように片目をギョロギョロ動かしながら、猿ノ助が迫ってゆく。

「来ないで！」

サキは叫んだが、身動きのとれない体ではこれ以上どうすることもできない。恐怖に怯《おび》えるサキの顔が松明の炎で真っ赤に染め上がった。

「さあ。どこから調べるとするか……」

猿ノ助はサキの着物の襟に手をかけた。

「やめてーッ！」

サキの白い胸元がはだけたそのとき、シュンという風を切る音と共に何かが飛んできた。

「んッ……」

猿ノ助が一瞬うなった。そしてフッと目を閉じたかと思うと、そのまま眠るようにその場に倒れ込んだ。

サキは一瞬何が起こったのかわからなかった。と、木戸の奥の暗闇から人影が現れた。

「くノ一の腕もまだまだ落ちてないみたいね」

それは吹き矢を手にしたカスミだった。

「カスミさん⁉」

カスミは驚くサキに近寄り鎖から解きながら言った。

「こいつのうなじに眠り薬を塗った針をうちこんだの。しばらくは起きないはずよ」

「ここはいったい？」

「忍者屋敷の地下よ」

カスミが答えた。

「昔は拷問部屋だったそうよ。世の中が戦に明け暮れてたころは、捕まえた敵の忍びや武将をここに入れて厳しい尋問をしていたみたい……」

カスミは石の壁にこびりついたどす黒い染みをなんとも言えない気分で見つめてそう続けると、改めてサキに尋ねた。

「なぜサキさんがこんなところに？」

「私にもよく。いろんなことが起こりすぎて……。カスミさんこそどうしてここに？」

サキが尋ね返した。

「気を失ったあなたが運び込まれるところを偶然見かけたの。で、何か妙だと思って様子をうかがっていたのよ」

「ありがとうございます。おかげで助かりました」

サキは、猿ノ助の手からこぼれた鈴を拾い上げるとカスミに礼を言った。

「とにかくこんな気味の悪い場所はすぐ出ましょう。詳しい話はあとで」

カスミはサキをともなって木戸から抜け出た。

拷問部屋の入り口は、屋敷の脇にある蔵の中にあった。

拷問部屋から脱出したカスミとサキは、蔵の中から外の様子をうかがった。外は昼間のようだったが、見る限り蔵の周囲にも屋敷にも人がいる気配はなかった。

「誰もいないみたいですね」

「ちょうどいいわ。今のうちに屋敷を離れましょう」

サキとカスミは蔵の扉を開け、外へと出た。

「待て」

二人の背後で突然声がした。

振り返ると、そこにタツマキが立っていた。

「父上！」

と駆《か》け寄ろうとするカスミをサキが引き止めた。

自分の腕を強くつかみ、タツマキに疑惑の目を向けているサキ。その様子を不審に思い、カスミが尋ねた。

「どうしたの？」

「私に当て身を食らわせ気絶させたのは……タツマキさんです」

「まさか……」

カスミはタツマキを見た。

「今の話は本当なのですか？　父上」

カスミの問いに沈黙を守るタツマキに、続けてサキが問いかけた。

「どうしてヒビキとハヤテさんをあんな目に……？」

サキの言葉に反応したのはカスミだった。

「二人に何かあったのッ……？」

サキは無言のタツマキに疑惑の目を向けたままカスミに告げた。

「タツマキさんは血車《ちぐるま》党《とう》の砦《とりで》がある洞窟で、ヒビキとハヤテさんを……生き埋めに」

「何ですってッ」

カスミはサキの話に驚いた。困惑しているのはサキとて同じだった。

「私も信じたくはありません。けど、タツマキさんは岩の下に埋もれてゆく二人を半蔵さんと黙って見ていたんです」

カスミは信じられないという顔で改めてタツマキを見た。

「父上がハヤテ殿を……!?」

タツマキはそれに答えず、黙ったまま二人にゆっくりと近づいてきた。

「答えてッ！」

ハヤテを案ずるカスミの思いが叫びとなってタツマキに浴びせられた。

タツマキが口を開いた。

「お前は何も知らんでいい……」

その言葉にカスミはすべてを理解した。その顔にみるみる暗い陰が広がった。

タツマキが声を絞り出すように続けた。

「……お前は黙ってサキ殿を渡し、そして、一刻も早くこの屋敷から離れるんじゃ」

「いやです！」

カスミがタツマキの言葉をはね返した。

「ここで何が起こり、父上が何を考えているのかわかるまで私は帰りません。そしてサキさんの話がまことならば、私は……父上を許しません」

その声は、思い慕うハヤテを奪った父親に対する怒りで満ちていた。

「……だから帰っておれと言ったのだ」

タツマキが沈痛な面持ちで言った。

カスミの中にハヤテが出立するときのタツマキの様子が甦《よみがえ》った。ついてゆくと言うのを声を荒らげて拒み、早く帰れと念を押した父……あれは自分を心配してのことではなく、すべては自分に行いを隠すためだったのだ。

自分を裏切った父親をカスミはさらに問いつめた。

「なぜそのような……」

「忍びにとって命令は絶対じゃ」

タツマキは乾いた声で答えた。

「そんなの父上らしくありません！」

カスミは毅然《きぜん》と言い返し、そして続けた。

「忍びである前に人であれ……父上は私たちにそう教えてくれた。忍びという非情な世界の中で生きようとも、人の心をけっして忘れてはならないと。そんな父上が、私にとって！　……我々にとって、恩の深いハヤテ殿を手にかけることにためらいはなかったのですかッ！」

「黙れいッ！」

タツマキがカスミの言葉を振り払うように大声で叫んだ。そして、

「……人であるがゆえ非情になることもある」

とだけ言うと、二人に向かって改めて歩き出した。

カスミは懐からクナイを取り出し身構えた。

「サキさんは渡すわけにはいきません」

「これ以上お前は関わるな」

相容れぬ親子の感情がぶつかりあい、ただならぬ緊張が二人を包みこんでいる。

サキは、自分をめぐって親子が争っていることにすまない気持ちになりつつも、タツマキの真意を少しでも探ろうと、彼の動向をジッとうかがっていた。

……と、神経を研ぎすますその耳にかすかに空を切る音が聞こえてきた。それがカスミに向かっていることに気づいたサキは思わず叫んだ。

「危ない！」

サキの声にカスミはとっさに体をひねったが、飛んできた手裏剣をよけきれず肩を裂かれた。

「うッ……」

「カスミさん！」

サキは倒れるカスミに駆け寄り、手裏剣の飛んできた方向を見た。

そこには、蔵の入り口に立つ猿ノ助がいた。

「さっきのお返しだ」

猿ノ助が片目をギョロつかせながら不気味に笑った。

「どうして……」

カスミが肩を押さえながら猿ノ助を睨みつけた。

「あのくれえの薬じゃ、いねむりくらいしかできねえよ」

猿ノ助は眠り薬をうちこまれた首をさすりながら、大きくあくびした。

「なぜカスミをッ！」

タツマキが猿ノ助の前に進み出て声を荒らげた。

「事を知られちまったんじゃ生かしておくわけにはいかねえ」

猿ノ助は二投目の手裏剣をつかもうと懐に手を差し入れた。

「それでは半蔵様との約束が」

食い下がるタツマキに猿ノ助は薄ら笑いを浮かべながら、

「約束なんてもう意味はねえさ」

と言うやいなや手裏剣を投げつけた。タツマキは刀を抜き、弾き返した。

「何をする！」

「ちょうどいい。おめえも俺がかたづけといてやるよ」

「そうか、すべてはお主《ぬし》の独断ということか」

「独断？　これは半蔵様のご命令よ」

「何じゃと……？」

タツマキの反応を楽しむように猿ノ助は不気味な片目をギョロつかせて続けた。

「お前の役目は終わった。ってことは、お前を働かせるためのダシも必要ねえ。カスミも、そしてお前も……すでに用はないと半蔵様はお考えだ」

猿ノ助の言葉にタツマキの顔が不快に歪んだ。

「半蔵様が約束を反古《ほご》に……そんなバカなッ！　ワシはすべて半蔵様の言うとおり！」

「ああ。それに関しては半蔵様もたいそう喜んでたぜ。お前のおかげですべてうまくいったってな」

ニヤリと笑う猿ノ助の体が、ボコッ……ボコボコッと異様な音を立てて崩れはじめた。いや、崩れたのではない。彼の体は細胞の配列を変え、猿ノ助という人間とは違う何かに姿を変えようとしていた。

キキーッ！

獰猛《どうもう》な山猿のような奇声を発し、猿ノ助は化身忍者《けしんにんじゃ》・マシラとなった。

「なんじゃと……！」

タツマキだけではない、カスミもサキも驚いた。

「伊賀忍群の中に化身忍者が……⁉」

マシラはタツマキにつかみかかり、鋭い爪でタツマキの胸を裂いた。

「ぐはっ！」

胸から血を噴き出しながらタツマキが倒れ込んだ。

「父上！」

さきほどの反目も肩の痛みも忘れ、カスミはタツマキに駆け寄った。

サキは鈴を取り出し鬼に変わろうとした。が、それよりすばやく、懐に飛び込んだマシラの突きがサキのみぞおちに強烈に決まった。

「……ウッ」

と崩れるサキの顎《あご》をとり、マシラは醜悪《しゅうあく》な山猿の顔をサキの顔にすり寄せた。

「さあ、あっちにもどってさっきの続きといこうぜ」

「サキさん！」

カスミは、サキを運び去ろうとするマシラに斬りかかった。

斬りかかるクナイの刃を素手で受け止めたマシラは、そのままギリギリとクナイを奪って放り投げると、カスミの首をつかんで締め上げた。

「娘が先に死ぬのを見れば、奴も思い残すことなくあの世に行けるだろう」

マシラの言葉に、タツマキが血にまみれた胸を押さえながら必死に体を起こして叫んだ。

「やめろッ……カスミは……カスミだけはッ……！」

涙を流し懇願するタツマキの姿を楽しむかのように、マシラはジワジワとカスミの首を締める手に力を込めた。

「ウッ……ウウッ……」

苦しみもがくカスミの顔からみるみる血の気が引いてゆく。

「俺の邪魔さえしなきゃお前もかわいがってやったのに」

マシラがカスミの首を締める手に最後の力を込めようとしたそのとき、どこからともなく突然一陣の風が吹き込み、無数の羽根がマシラとカスミを包みこんだ。

「なんだこれは……⁉」

マシラがまとわりつく羽根を振り払うと、カスミの姿が消えていた。

「どこだッ？」

とカスミを探すマシラの背後で凛《りん》とする声が響いた。

「カスミは返してもらったぞ」

声のするほうを見ると、そこにはカスミを抱えて敢然と立つ嵐《あらし》の姿があった。

「ハヤテ殿……⁉」

突如現れた嵐の姿にカスミは喜びとも驚きともつかぬ声を上げた。

「遅くなってすまない。大丈夫か？」

嵐は、カスミを下ろすと三人を守るようにマシラの前に出た。

「お前、死んだはずじゃ……」

マシラは対峙《たいじ》する変身忍者《へんしんにんじゃ》を苦々しく睨みつけた。

「ああ。だがこうして生きている」

嵐は毅然と言い放った。

「この死に損ないがッ！」

マシラは爪を剣のように長く伸ばし、嵐に襲いかかった。嵐はすばやく刀を抜いてマシラの初手を弾くと、続いて二手三手と繰り出される爪を次々かわし、ビュンと刀を一閃させてマシラを追いやった。

「やるじゃねえか」

攻撃を弾かれたマシラは、敏捷《びんしょう》な動きで嵐のまわりをぐるぐると回りはじめた。高速で動くマシラの姿はやがていくつもの残像を生み、それはまるで分身のごとく、何人ものマシラが走っているように見えた。

「どうだ、これで本物はわかるめえ」

嵐を取り囲む何人ものマシラが一斉に嘲《あざけ》り笑った。

観念しているのか嵐はピクリとも動かない。

キキーッ！

包囲を狭める分身の輪からマシラが飛びかかった。

「フンッ！」

嵐は気合の声と共に迷わず刀を突き出した。

「グエッ！」

嵐の突き出した刀は見事にマシラの腹を貫いた。

「まさか……俺の動きが見えてたってのか……？」

「見えていたんじゃない、聞こえてたのさ」

嵐は耳を澄ませ、マシラの足音にひたすら神経を集中させていたのだ。

「伊達《だて》に化身忍者と戦ってきたわけじゃない。お前のように目先を混乱させる奴との戦い方は心得ている」

嵐は突き刺した刀に力を込めると、そのままマシラの体を斬り裂いた。

ギャアアアアアアアアア！

断末魔《だんまつま》の悲鳴と共に、マシラは真っ二つとなりただの骸《むくろ》となった。

嵐は変身を解き、ハヤテの姿にもどった。

「大丈夫か、カスミ」

ハヤテは血のにじんだカスミの肩口を見た。

「私はかすり傷です。それより」

カスミはそう言うと、胸を真っ赤に染めて地面に倒れているタツマキに駆け寄った。

ハヤテはサッと首巻きをとると、タツマキの傷口を塞ぐため体に巻きつけた。タツマキが傷の痛みをこらえ、何か話そうと口を開いた。

「ハヤテ殿……」

「今は何も言わなくていい。無理は傷にさわる」

ハヤテはそう言いながら止血につとめた。タツマキの傷は見た目ほど深くはなく、幸い命の危険に晒されるほどのものではなかった。

「無事だったんですね……」

サキがマシラに突かれたみぞおちを押さえながらハヤテに声をかけた。

「ああ、彼のおかげでな」

ハヤテが脇の木陰に目をやると、木陰からあの般若面《はんにゃめん》が姿を現した。

「般若面……！」

「あの者は血車党では……!?」

サキとカスミは反射的に身構えた。

「そう思ってもらえたなら俺の変装も上出来だな」

と言いながら般若の面をとった男を見てカスミは驚いた。

「ツムジ……⁉」

男は、タツマキの息子でカスミの弟であるツムジだった。

ハヤテを助け血車党と戦っていたころはまだ年端もゆかぬ子供という感じだったが、すっかり背の伸びたツムジは立派な若者の雰囲気をただよわせ、数年間の諸国漫遊が彼を大きく逞《たくま》しく成長させたことを物語っていた。

「ツムジか……」

タツマキがツムジを見た。

「親父、大丈夫か」

「なんのこれしき……ウッ」

タツマキはいつものように笑おうとしたが、傷の痛みに顔をしかめた。

「ハヤテさんも言ってるだろ。無理しなくていいから」

ツムジは父の空元気《からげんき》に苦笑いしつつ、ひとまず命の危険がないことがわかりホッとしているようであった。

「で、あんたがなんでこんな所に？　どうしてそんな格好を？　どうやってハヤテ殿を？」

カスミが矢継ぎ早に尋ねた。

「そんなにいっぺんに聞くなよ、姉ちゃん。今順番に話すから。俺は……服部《はっとり》半蔵を探っていたんだ」

「半蔵を……？」

ツムジは改めて話しはじめた。

「ああ。旅を終えて伊賀の里に帰った俺は里長《さとおさ》に呼び出されてさ。半蔵に怪しい動きがあるので調べてこいって密命を受けたんだ。伊賀者の多くは半蔵とつながってる。だからこの数年伊賀から離れ、半蔵と関わりのない俺に白羽の矢が立ったというわけさ」

「それで怪しい動きというのはわかったの？」

「ああ。奴は子飼いの連中を集めて、伊賀忍群とはまた別の新たな忍び衆を作ろうとしてる。その名は……伊賀血車党」

「血車党⁉」

カスミは驚き、思わず声を上げた。

ツムジは骸となったマシラに目をやりながら続けた。

「見てのとおり、半蔵配下の連中は化身忍術を使う。奴らは血車党の『化身忍術』の秘伝書を手に入れ、それを自分たちの力にすることに成功したらしい」

ツムジはそう言うとハヤテを見た。

「化身忍者がからんでいる以上、対抗できるのはハヤテさんしかいない。そう思った俺はハヤテさんを探し出して文《ふみ》を届け、鬼十《きじゅう》の里に向かうよう仕向けたんだ」

「俺はツムジの策にまんまとはめられ、いいようにダシに使われたというわけだ」

皮肉るハヤテにツムジはペロッと舌を出してみせた。

「ま、そこんとこはハヤテさんには申しわけなかったんだけど。案の定、変身忍者であるハヤテさんが現れたことで半蔵たちも動き出した。屋敷で半蔵を襲った化身忍者たちがいただろ？　あれは半蔵の配下さ。半蔵は部下に自分を襲わせたんだ」

「どうしてそんなこと……？」

カスミは屋敷での出来事を思い出しながらツムジに尋ねた。

「一筋縄ではハヤテさんを倒せないと思ったんだろ。だからハヤテさんを信用させた上で洞窟におびき出し、清めの音でしか倒せない魔化魍《まかもう》を使って始末しようとしたのさ。俺はそれを知ってヒビキさんの前に現れ、ハヤテさんを助けてもらえるよう洞窟まで誘い出したんだ」

「ヒビキは？　ヒビキはどうしたの？」

話を聞いていたサキがいちばん気になっていたことを口にした。

「それが……」

ツムジは口ごもった。

「半蔵たちの発破《はっぱ》でハヤテさんたちが土砂に埋まりかけたとき、俺はとっさに自分が隠れていた横穴にハヤテさんを引っ張り込んで助けることができたんだ。けど、ヒビキさんのほうは……」

「そんな……」

サキはハヤテの生存が確認されたことでヒビキもまた生きているものだと思っていた。が、その一縷《いちる》の望みは無惨にも消え失せた。

顔を曇らせるサキを見て、ツムジが深々と頭を下げた。

「全部俺のせいだ。俺がハヤテさんを助けるためにヒビキさんを呼んじまったせいで……すまない、サキさん」

「いや……悪いのはすべてこのワシじゃ」

タツマキが話に割って入った。

「元はといえば半蔵に血車党のことを報告したのはこのワシじゃ……。それによって血車党に興味を抱いた半蔵は、化身忍術を編み出した谷の鬼十を調べ、鬼の存在にいきついた。そして鬼の力を我がものにせんとする半蔵に……ワシは手を貸したんじゃ」

タツマキの顔は後悔の色に満ちていた。

「すまなかった、サキ殿。ワシはそのためにお主とヒビキ殿を、いや吉野《よしの》を欺いた」

「じゃ、はじめから……」

サキは改めてタツマキを見た。

「そうじゃ。ワシは自ら放った魔化魍に襲われ、吉野に潜入した……。ワシの使命は閉ざされた吉野を開き、吉野に入る道筋を探ること。そしてあわよくば鬼を誘い出して捕縛し、鬼の力を欲する半蔵に引き渡すことじゃった」

「どうして！」

カスミが怒りをあらわにした。

「父上ともあろうお方が何故そんなことに手を貸したのですッ⁉ たとえ命令であったとしても、それがけっして世のためにならないことくらいおわかりになったはず！」

タツマキは頭《こうべ》を垂れた。

「ワシが甘かった……。まさか半蔵たちが化身忍術を手に入れているとは思わなんだのじゃ。吉野の存在を突き止めたところでただの忍びに何もできまいと思い、鬼を捕らえても捕虜として丁重に扱うだろうと……」

「そんな言い逃れで済むと思うのですか！ 父上のせいで、サキさんは危険にさらされ、ヒビキさんは……」

「よせ、カスミ」

ハヤテは父を責め立てるカスミを制し、落ち着いた声でタツマキに語りかけた。

「お前がそのような命令に簡単に従う男とは思えない。もし、お前が意に沿わぬことに従う理由があるとしたら、それは……カスミだな？」

タツマキはハヤテを見ると、そのまま黙ってうつむいた。

「私……？」

話をすぐさま呑《の》み込めないでいるカスミにハヤテが言った。

「おそらくタツマキは、娘の命を奪われたくなければ従えと半蔵に脅されていたのだ」

「えッ……⁉」

カスミは驚き、黙ったままのタツマキを見た。

ハヤテは続けた。

「半蔵がわざわざカスミを屋敷に呼んだのはタツマキへの無言の圧力だろう。久しぶりにカスミと再会したというのにタツマキの様子が変だと感じてはいたが、今となればそれも合点がゆく」

「では、すべて……」

再会してからタツマキに感じていた違和感。それがすべて半蔵に脅されたゆえのことであり、自分を思ってのことだったのだとしたら……。カスミは深く頭を垂れたまま座る父の背中を改めて見つめた。

「家族思いのタツマキにとって娘の命は何物にもかえがたい。俺を罠《わな》にかけたのもカスミを盾《たて》にとられてのことだろう。……違うか？　タツマキ」

ハヤテの言葉にようやく顔を上げたタツマキの目には涙がにじんでいた。

「ウッ……ウウッ……すまぬ、ハヤテ殿。サキ殿も、そしてヒビキ殿も……」

タツマキもつらかったのであろう。抑えていたさまざまな気持ちが涙と共にドッとあふれた。

「私は何も知らずに……すみません、父上！」

カスミは涙で震える父の背を抱きしめた。

「まいったなぁ」

そう言いながらツムジは背を向けて鼻をすすった。

「……人であるがゆえ非情になることもある」

サキはタツマキの言った言葉をポツリと繰り返した。そしてそれが、親として子を愛するがゆえのタツマキの苦悩であったことを改めて理解した。

「サキさん、すみません。本当に詫《わ》びなければならないのは私だったようです」

カスミが心の底からサキに詫びた。

「いや、お前たちの誰が悪いわけではない。もし、悪しき者がいるとすれば、お前たちを利用し己が野望を達成しようとする半蔵だ」

ハヤテの優しい言葉がタツマキ親子の心に染み渡った。

「お前たちは早く傷の手当てを。俺は半蔵を」

ハヤテはそう言って屋敷のほうに駆け出そうとした。

だが、

「もう遅いぜ……」

という声がハヤテを引き止めた。

振り返ると、腰から上だけとなったマシラの顔が不気味に笑っていた。

化身忍者の恐るべき生命力は、体を真っ二つに斬られ骸と化したマシラになおも悪態をつくだけの力を残していた。

「半蔵様はとっくに屋敷を出たあとだ。今ごろは吉野に到着して、鬼どもと一戦交えてるころだろうよ」

「何ですって！」

サキの背中に戦慄が走った。

「今から向かってもどうせ間にあわねえ。たとえ間にあったとしても、お前らだけで我が伊賀血車党に立ち向かえるとは思えねえけどな……ケケケケッ！」

あざ笑うマシラの頭をハヤテが刀でグサリと突き刺した。

今度こそマシラは絶命した。が、その不気味な片目は広がる暗雲を見つめるがごとく、見開いたまま笑っているように見えた。

「私もどります！」

今はこの危機を一刻も早く伝えねばならない。サキはヒビキのことが気になる気持ちを抑え、吉野に向かって駆け出そうとした。

「待て。早駆けではおそらく間にあわん。行くなら俺といっしょに」

そう言うとハヤテは空に向かって叫んだ。

「ハヤブサオー！」

するとどこからともなく、蹄《ひづめ》の音を逞しく響かせながら忍馬ハヤブサオーが現れた。

「ツムジは洞窟にもどってもう一度ヒビキを探してくれ。カスミはタツマキの傷を看てやってほしい。サキ殿、案内を頼む」

そう言ってすばやく飛び乗ったハヤテがサキをうしろに乗せると、ハヤブサオーは再びたくましい蹄の音を響かせて走り出した。

二人を乗せたハヤブサオーがあっという間に見えなくなった。

「どうか御無事で……」

カスミは消えたハヤテの影に向かって祈るようにつぶやいた。

十一之巻　燃える山

「押し返せ！　敵を寺に近づけるなッ！」

一本角の鬼は大声でそう叫ぶと、不気味に巨体を揺らす目の前の魔化魍《まかもう》、ヤマアラシを睨《にら》みつけた。

ムオオオオオオオオオオオオオン！

雄叫びを上げたヤマアラシが一本角の鬼に向かって針の雨を放った。

「ムンッ！」

鬼は鋼となった腕でなんなく針を弾き飛ばすと、背中に背負った巨大なほら貝を片手で軽々と持ち上げた。一本角の鬼は〝鬼堂《きどう》〟。あの豪気なキドウが変身した姿だった。

「くらえッ！」

ブオオオーッ！　ブオオオーッ！

鬼堂が吹き鳴らすほら貝から腹の底まで響き渡るような重々しい低音が放たれ、ヤマアラシの体を包みこんだ。

ム……ムオオオオオオオーッ！

鬼堂の音撃《おんげき》の強さは吉野《よしの》随一という噂《うわさ》は伊達《だて》ではないらしい。彼の強烈な音撃は、巨大なヤマアラシを一瞬のうちに吹き飛ばした。

「どうなっとるのじゃ、いったい……」

鬼堂は顔だけをキドウにもどすと、森を焼きつくさんとする業火を改めて見た。

夜だというのに、森は赤い炎に煌々《こうこう》と照らし出され、昼間のように明るい。燃え上がる木々の向こうには、あちこちで鬼が魔化魍と戦っている姿が見え、ここが戦場になっているということは十分すぎるほど理解できた。

吉野の森に火の手が上がったのは、夜半を過ぎたころ。場所は晴明寺《せいめいじ》のまわりに張られた結界《けっかい》近く、火の気などあるはずのない静かな森だった。

鬼たちが不審に思い、結界を解いて森に足を踏み入れたそのとき、魔化魍の大群が出現した。

鬼たちはふいをつかれた。完全な奇襲だった。

魔化魍退治を得意とする鬼たちといえども、突然の奇襲、しかも多数の魔化魍を同時に相手にするのは容易なことではない。とにかく目の前の魔化魍をかたづけるのがやっとで、気がつくと結界の内側まで押し込まれていたという状況だった。

「魔化魍がなぜこんな一度に……」

顔をしかめるキドウの元にイブキが現れた。

「どうか？」

「かなり入りこまれましたが、魔化魍は半分以上倒しました。森の火は消し止めるまでまだかなりかかりそうですが」

「そうか。女子供は晴明寺の本堂に集めた。ここで持ちこたえればみなは守れる」

そう話す二人の耳に突然咆哮《ほうこう》が響いた。

オロオロオロ－ッ！

同時に強烈な衝撃波が二人に襲いかかった。

イブキとキドウはとっさに飛び退いたが、衝撃波は二人がいた地面をバリバリえぐり、えぐられた土がジワッと腐り出した。

衝撃波が飛んできたほうを見ると、大木の陰から新手《あらて》の魔化魍がヌッと姿を現した。キドウは苦々しい顔で魔化魍を見た。

「今度はヤマビコか……」

ヤマビコは巨大な人型をした魔化魍である。身の丈は人の三倍以上、顔は長い毛に覆われて見えないが、隠れた口から発する鳴き声は強力な衝撃波であると同時に、動物や木々をたちまちに腐らせてしまう恐ろしい毒性を持っている。

そんなヤマビコが一体、二体……と木の陰から次々姿を現し、総勢八体のヤマビコが顔の見えない不気味な姿で二人の前に立ち並んだ。

「ヤマビコが群れを成すとはな」

不審な顔でヤマビコの群れを見るイブキに、キドウも同感だという顔で言った。

「今宵の魔化魍どもは何かおかしい。とにかくここは危のうございます。イブキ様はお下がりください」

そう言って前に出ようとするキドウをイブキが遮《さえぎ》った。

「頭目《とうもく》が下がれば士気《しき》が下がる。奴らは俺が……」

イブキはそう言うと懐から呼び子のような小さな笛を出し、口にあてた。

フゥイイン……。

笛が奏でる優しい音とは裏腹に激しい竜巻《たつまき》がイブキの体を包みこんだ。

「フッ……！」

気合の声が竜巻を払うと、そこには鬼となったイブキ……『威吹鬼《いぶき》』の姿があった。

体こそ少し小柄ではあるが、額から大きく突き出た三本の角は頭目たる威厳を十分にただよわせ、落ち着き払ったその静かな立ち姿は、五条大橋で弁慶《べんけい》の前に立ち塞《ふさ》がった牛若《うしわか》丸《まる》のごとく気品がただよい、それでいてすきのない強さを感じさせるものがあった。

「参る……！」

威吹鬼はヤマビコの群れに向かって駆《か》け出した。

オロオロオローッ！

ヤマビコたちが威吹鬼に向かって次々と衝撃波を浴びせるが、高く飛んだ威吹鬼はそれらをすべてかわすといちばん手前のヤマビコの頭に飛び乗り、義経《よしつね》の八艘《はっそう》飛《と》びよろしく八体のヤマビコを次々に飛び移った。そして最後尾のヤマビコの頭の上にスッと舞い降りると、鬼文字が彫り込まれた横笛……音撃笛《おんげきぶえ》を口元に構えた。

フゥイイイイイイ……。

心に染み入るような美しい音色があたり一帯に響き渡った。

人がその音色を聞いたならあまりの美しさに心奪われ、安らかな気持ちになったに違いない。だが、魔化魍にとって、それは自らを滅ぼす清めの音でしかない。ヤマビコたちは身をよじり苦しみもがいた。

オ……オ、オ……オロロ……オロオロオロォーッ……。

美しい笛の音に誘われるようにどこからともなく吹き込んできた風はやがて竜巻となって、ヤマビコたちを包みこんだ。

フゥイイイイイイイイインッ！

頂点に達した笛の音がヤマビコたちの敏感な耳に激しく鳴り響いた。

オロロロロロロロロロローッ！

八体のヤマビコは断末魔《だんまつま》の鳴き声を上げ同時に吹き飛んだ。

威吹鬼はスタッと地面に飛び降りると、肩にかかった土塊《つちくれ》をサッと落とした。

「お見事」

キドウが思わず声を上げた。

「世辞はよせ。お前の音撃にはまだまだ及ばぬ」

威吹鬼は顔だけイブキの顔にもどしながら、冷静に言った。

「鬼の中にも腕の立つ者がいるようだな」

背後の声にキドウとイブキは振り返った。

いつの間にか現れた覆面の忍びが二人を見つめていた。

「何者だ……？」

身構えるキドウに忍びは覆面をとりながら答えた。

「我が名は服部半蔵《はっとりはんぞう》……伊賀血車党《ちぐるまとう》を束ねる者だ」

服部半蔵といえば、あのタツマキと同じ伊賀者。そして幕府直属である伊賀忍群の頭《とう》領《りょう》だと聞いている男である。キドウは驚きと困惑の声を上げた。

「伊賀……血車党……伊賀の忍びは血車党の軍門に下ったというのか⁉」

「血車党などとうにない。我らはその意志を継いだにすぎぬ。いや、正しくは……谷《たに》の鬼《き》十《じゅう》の意志をな」

「……鬼十の意志？」

「谷の鬼十が編み出した術の数々は、力を欲する者の渇望を満たす素晴らしいものばかり。今吉野を襲っている魔化魍もまた鬼十が生んだ力よ」

「なんだとッ⁉」

キドウの反応を楽しむかのように半蔵は続けた。

「魔化魍を消す術を編み出すならば、魔化魍が生まれるわけも知らねばならぬ……鬼十はそう考え、人の手で魔化魍を生む方法をいろいろと試していたようだ。それを我らが完成させた」

半蔵はそう言いながら小さな木の実を取り出した。

どす黒く腐った木の実からは禍々《まがまが》しい紫の煙が立ち上り、陰陽《おんみょう》の術により悪気《あっき》が封じ込められていることが見てとれた。そんな実が野に放たれればたちまち土塊は蝕《むしば》まれ、魔化魍に変貌するであろうことは、キドウやイブキにも容易に想像できた。

「鬼十の術を悪用するとは……言語道断！」

キドウは沸き上がる怒りを半蔵にぶつけた。

半蔵はそんなキドウを笑いながら見た。

「ほう。では、鬼十に理解を示さず、はじき出したお前たちに非はないと……？」

「な、何ッ……？」

半蔵の言葉はキドウ自身が自問していることでもある。その心をふいにつかれ、キドウは返す言葉を失った。

「そんなことより……」

キドウに代わるようにイブキが前に出た。

「伊賀の忍びがなぜ我らを襲う？　戦に加担せぬ我らに狙われる理由はないはずだが」

毅然《きぜん》と話すイブキに半蔵が答えた。

「それこそが理由よ」

そう言って半蔵は続けた。

「最初は鬼と手を結ぼうと考えたが、お前たちが誰にも力を貸す気がないとわかり諦めたのだ。だが、鬼は海中の暗礁《あんしょう》と同じ……ジッとしていても危険な存在であることにかわりはない。ならば消えてもらおうと思ったのだ……我が伊賀血車党の目的のために」

半蔵の声に呼応するかのごとく控えていた忍びたちがザッと前に出た。

「そこにいるイブキはこの吉野を束ねる者……その首をとり、鬼どもの前に晒《さら》してやれ」

半蔵の冷たい声に忍びたちはうなずき、一斉に声を上げた。

ウォォオン……！

キシャァァ……！

グルルル……！

ケケケケッ……！

獣のように猛り狂う彼らの体は人としての形を失い、その姿が獰猛《どうもう》な野獣へと変化した。

獣に変わった忍びたちを目の当たりにし、普段は冷静なイブキが顔をこわばらせた。

「これは……」

「化身忍者《けしんにんじゃ》……鬼十最大の遺産だ」

不敵に笑う半蔵が森の奥へ姿を消すと同時に、化身忍者たちがイブキに襲いかかった。

イブキはサッと顔を威吹鬼に変えて臨戦態勢をとると、両手の握り拳から鬼爪《おにづめ》を瞬時に伸ばし近づく敵をなぎ払った。イブキを守るべく飛び出したキドウも鬼堂の顔になり、迫り来る化身忍者を迎え撃った。

威吹鬼も鬼堂も鬼を代表する精鋭の戦士である。が、化身忍者の俊敏《しゅんびん》さは威吹鬼と鬼堂のそれを遥《はる》かに凌駕《りょうが》した。

化身忍者との戦いは魔化魍を相手にするのとはまったく異なる。魔化魍を獰猛な猛獣とするなら、化身忍者は獣の力を持つ人間……もしくは、人の知能を持った獣といえる。人の知略と獣の獰猛な攻撃力を併せ持つ敵ほど恐ろしい相手はいない。

互いに連係しながら魔化魍とはまったく違う攻撃を繰り出す化身忍者たちに、二人はあっという間に追いつめられていった。

ガルルルルッ！

狼《おおかみ》のごとき化身忍者が威吹鬼の肩に嚙《か》みついた。

「ウッ……！」

鋼と化した体にめりこむ鋭い牙を威吹鬼は痛みをこらえて振り払った。

「威吹鬼様ッ！」

鬼堂は威吹鬼の元に向かおうとしたが、自身も化身忍者相手に苦戦し、加勢もままならない。

体勢を崩した威吹鬼を狙い、他の化身忍者が次々と襲いかかった。

ウォォォン！　キシャアァ！　グルルルル！　ケケケケッ！

「ガッ……ウッ……ウガッ……」

化身忍者に嬲《なぶ》られるがごとく体を切り刻まれた威吹鬼がガクリと倒れた。

「貴様らッ！」

怒り狂った鬼堂は自分に群がる化身忍者を渾身《こんしん》の力で振り払い、倒れた威吹鬼に駆け寄った。

「威吹鬼様！　……威吹鬼様！」

威吹鬼に肩を貸す鬼堂を化身忍者の群れが取り囲んだ。

ウォォォン……。キシャアァ……。グルルルル……。ケケケケッ……。

二人をあざ笑うかのようにうなり声を上げる化身忍者たちがゆっくりと間合いをつめてゆく。

（たとえどんなことがあろうとも威吹鬼様だけは……）

鬼堂はこの窮地に活路を見いだそうと必死に頭をめぐらせた。とはいえ、手練《てだれ》の鬼堂とて傷ついた威吹鬼を抱えたまま反撃に転ずるのは容易ではない。鬼堂は迫り来る獣たちを睨みながら撤退のすきをうかがったが、それとてこの状況では難しい。

「俺を置いてゆけ……」

傷だらけの体を押さえながら威吹鬼が苦しげに言った。

「何をばかな！　威吹鬼様を置いてゆけるわけが……」

「黙れっ！」

威吹鬼は拒む鬼堂の言葉を遮り、毅然と言い放った。

「これは吉野を束ねる者としての命令だ。お前だけなら奴らを振り切れる……俺を置いて寺へ行き、みなを守れ」

「威吹鬼様……」

命令自体にさほどの意味はない。鬼堂には威吹鬼の心遣いが痛いほどわかった。

が、わかればこそ威吹鬼をなおさら置いてはゆけぬ。鬼堂は威吹鬼を抱える手に改めて力を込め、化身忍者たちを睨みつけた。

「鬼堂ッ！」

早く行けと言わんばかりに威吹鬼が叫んだ。

その声を合図にしたかのように化身忍者たちが一斉に飛びかかった。

そのとき……！

バサッ！　と大きな鳥が羽ばたいたような音が聞こえたかと思うと、化身忍者の群れの中に疾風のごとく影が飛び込んできた！

ギィエエエエエエエエッ！

化身忍者たちが次々と血を噴き出し倒れた。

(何だ……？)

鬼堂は飛び込んできた影を改めて見た。そこには、見たことのない鳥の化身……刀を構えた異形の男が立っていた。

「変身忍者《へんしんにんじゃ》嵐《あらし》……見参《けんざん》！」

飛び込んできた影は嵐だった。

嵐は残りの化身忍者に躍りかかった。嵐の突然の出現にひるんだ化身忍者たちはあっという間に斬り伏せられた。

「大丈夫か？」

化身忍者を一掃した嵐が威吹鬼と鬼堂に向き直った。

二人は化身忍者のような姿をした嵐を警戒し、身構えた。

「安心して。その人は味方よ」

遅れて現れたサキが二人に声をかけた。

「サキ！　もどったのか？」

サキの姿を見て鬼堂が顔をキドウにもどした。

「はい、たった今。半蔵の謀略を知り、急ぎ追ってきたのですが……」

燃える山を見渡し、サキは表情を曇らせた。

「みなは？　威吹鬼様は大丈夫なんですか？」

サキはそう言うと、傷だらけの威吹鬼を心配そうに見た。

威吹鬼は顔をイブキにもどし笑ってみせた。

「俺なら大丈夫だ。女子供もみな寺で無事にいる。それよりこの者は……？」

イブキは改めて嵐を見た。

「この方はハヤテさんよ」

「……では、彼が」

サキの紹介にキドウが感慨深げに声を漏らした。

その声に呼応するかのごとく、背後で別の声がつぶやいた。

「そうか……お前が鬼十の息子か」

一同が振り返ると、そこには異形の鎧《よろい》を着込んだ仮面の男が静かに立っていた。

「何ッ……？」

異形の鎧を見た嵐は思わず声を上げた。

仮面は獰猛な鷹《たか》のごとく、体は全身羽根に覆われた異形の鎧……それはまさに鷹の化身、嵐と瓜二つの様相を呈していた。

「鬼の鎧が何故……？」

今度はキドウが声を上げた。

『鬼の鎧』……それは晴明寺のさらに奥、深い森の中に人目を忍ぶように建てられた祠《ほこら》の中に厳重に封印されているはずの異形の鎧だった。それが何故今ここに？

その問いに答えるかのごとく鬼の鎧をまとった男が鷹の仮面をとった。

「キリュウ！」

キドウが声を上げた。

鬼の鎧を纏《まと》っていたのはキリュウだった。

「鬼十の息子がこの山まで……これも運命かもしれんな」

キリュウは鷹の化身に姿を変えたハヤテこと嵐を感慨深げに見つめた。

「その鎧は何だ？」

嵐が尋《たず》ねた。

「これはお前の父が残したものだ。これを纏えばいかなる者でも鬼と同じ力を得ることができる。私のように傷が元で鬼の力を失った者でもな」

そう答えるキリュウにキドウが労《ねぎら》った。

「すまぬ。戦えぬお前に禁断の鎧を纏わせねばならぬほど追い込まれたのは、このキドウのせいじゃ。許せ、キリュ……」

ザクッ……！

キドウの言葉を遮るように鈍く熱い痛みが彼の体に走った。

右肩を大きく斬られたキドウが倒れた。斬ったのはキリュウだった。

「これで自慢のほら貝は担げまい」

肩口を押さえ膝をつくキドウにサキとイブキが駆け寄った。

「キリュウ様、何を……⁉」

キリュウの意外な行動にサキが驚きの声を上げた。

一同を冷たく見下ろすキリュウが静かに答えた。

「これは……鬼十の復讐《ふくしゅう》だ」

嵐はキドウたちを守るように前に出ると、キリュウに切っ先を突きつけた。

「父の復讐とはどういうことだ……？」

「鬼十の魂が無念を晴らしてくれと泣いているのだ」

キリュウは手にした鷹の仮面を見つめ、亡き旧友に語りかけるように話し続けた。

「力を持たぬ者にこの吉野は冷たい……。鬼になるためにひたすら鍛えることだけを強いられ、ついてゆけぬ者、なじめぬ者は無慈悲に弾かれる。ここにいるには、しきたりと教えどおりに己を鍛えあげ強い肉体を持つしかない。だが……」

キリュウは魔化魍との戦いで痛めた足を苦々しく見た。

「いくらその胸に思いをほとばしらせても、どうにもならぬ体もある……。生まれつき体の弱い者や腕力の弱い者もそうだ。己の無力を悲嘆し、やり場のない熱き心をただくすぶらせ、強き者たちの嘲《あざけ》りの中で日々を耐え忍んでいる」

キドウがキリュウを諭そうと口を開いた。

「待て、キリュウ。誰もお前を嘲りなど」

「黙れッ！」

キリュウが激昂《げきこう》した。

「私の屈辱がお前にわかるものかッ！　私はまだ戦える……こんな山奥で閑職に追いやられるほど私は落ちぶれてはおらんッ！」

キリュウの目は深い悲しみと憎しみに満ち、今まで心の中に溜《た》め込んできた鬱屈《うっくつ》した思いで醜《みにく》く血走っていた。

「鬼の力を失って私にも初めてわかった……我が友鬼十の無念、そして孤独がな」

イブキが傷ついた体を起こしながら、キリュウをまっすぐに見た。

「俺が近くに感じた敵はお前だったんだな……」

不敵な笑いを浮かべるキリュウの顔がすべてを物語っていた。キリュウは諜報《ちょうほう》部門の長である立場を利用し、かねてから伊賀血車党と通じていた。そして長き時をかけて半蔵の元にさまざまな情報を流し、伊賀血車党の吉野襲撃に力を貸したのだ。

「私は伊賀血車党と共に鬼十が残した力で新たな覇者となる。私についてくると言うなら命くらいは助けてやってもいいぞ」

そう言い放つキリュウにみなが知る優しい姿はすでになかった。その顔は力を得た己に酔いしれるようにギラつき、その目は一同を蔑《さげす》むように冷たく光っていた。

「キリュウ様……」

キリュウを師と慕い、憧憬《どうけい》の念を持って仕えていたサキが悲しく声を漏らした。

「お前は間違っている！」

嵐が怒りの声を上げた。

「お前は父の力を利用し、己の無念を晴らそうとしているにすぎぬ。そんなお前に父の力を纏う資格はないッ！」

嵐がキリュウに斬り込んだ。

キリュウは攻撃をかわして木の上に飛び上がると嵐を見下ろして言った。

「ちょうどいい。ならどっちが正しいか決めようじゃないか」

バサバサバサッ！

キリュウの声に呼応するかのごとく、大きな鳥の群れが木陰から一斉に飛び立ち、嵐を取り囲んだ。

「これはッ……⁉」

嵐は驚きながら鳥の群れを見た。いや、それは鳥の群れではなかった。鳥の群れに見えたそれは……鬼の鎧を着込んだ十三人の忍びたちだった。

「どちらが真に鬼十の意志を継ぐ者か、鬼十の息子に教えてやれ」

十三人の鬼の鎧が一斉に嵐に飛びかかった。

嵐は十三人の攻撃をかわし間合いをとると、体の羽根をふるわせ手裏剣を放った。

「忍法《にんぽう》羽根手裏剣！」

嵐の体から無数の羽根が飛び出し、十三人の鬼の鎧に襲いかかった。十三人の鬼の鎧は鷹のように高く飛んで羽根手裏剣をかわすと空中で一斉に身構えた。

「忍法羽根手裏剣！」

一斉に叫んだ十三人の体から無数の羽根が飛び出す。

「何ッ⁉」

嵐は刀を風車のようにまわし、かろうじて羽根の襲撃をかわした。

鬼の鎧は姿形が嵐に似ているだけではなかった。鬼の鎧に嵐とまったく同じ鷹の力を授けられ、彼らはまさに……『十三人の嵐』だった！

「……敵は自分というわけか」

嵐の焦燥をあざ笑うかのように十三人の嵐が次々に斬り込んだ。

嵐は十三人の自分を相手に奮戦したが、自分を相手にするほどやっかいな敵はいない。

さすがの嵐も次第に追いつめられ、残忍な狩人に嬲られる手負いの鷹と化していった。

サキは嵐の窮地を救うべく、鬼に変わろうと鈴を取り出した。だが、嵐と十三人の凄惨な戦いに足は震え、それ以上身動きすることはかなわなかった。キドウとイブキもまた、傷ついたその身を押さえながら、嵐を助ける力のない自分のふがいなさに歯をかみしめた。

「ハァ……ハァ……」

体のあちこちに傷を受け疲弊する嵐に十三人が揃《そろ》って刀を構えた。

「忍法影映し！」

十三人の嵐が一斉に目くらましの光を浴びせる。

「ウッ！」

十三方向からの逃げ場のない光に嵐は完全に視界を失った。

「でぃやあああああ！」

気合の声と共に嵐を取り囲む光の中に十三人が飛びこんだ。

光が消えると……そこには刀に押し包まれた嵐の体があった。

「グハッ……」

十三本もの刃をもろに浴びた嵐が糸の切れた操り人形のように地面に倒れ、ハヤテの姿にもどった。

「ハヤテ……さん……」

震えるサキの手から鈴が転がり落ちた。

チリーン……と、物悲しい小さな音があたりに響き渡った。

「勝負あったな」

高見の見物を決め込んでいたキリュウがほくそえんだ。

「まだだ……」

血まみれのハヤテが痛みを振り払うかのごとく体を起こした。

「父の思いを汚すお前たちに負けるわけにはゆかぬ……」

ハヤテの体にそれほど力が残っているとは思えない。だが、父の思いを守りたいという心の強さが彼の力となり、その体をなんとか立ち上がらせていた。

「いいだろう。命を奪わねば負けを認められぬならそれもよし」

キリュウの声に十三人の嵐がハヤテを取り囲んだ。

「あの世で鬼十にしかと伝えよ。お前の思いはこのキリュウがしかと受け継いだとな！」

十三人の嵐がハヤテに向かって大きく刀を振り上げた。

そのとき……。

キィエエエエエエエッ！

突然激しい鳴き声が上空から響き渡った。

一同が見上げると、夜空の真ん中にまるで真昼の太陽のごとく明るい光が見えた。

キィエエエエエエエエッ！

さらに大きな鳴き声を上げた巨大な赤い光は、急降下してくると十三人の嵐をなぎ倒し再び空へと舞い上がった。光が過ぎるとハヤテの姿が消えていた。

「何だ……？」

突然の乱入者にキリュウは空をあおぎ身構えた。

羽根を大きく羽ばたかせ、キリュウを見下ろす赤い光……それはまるで不死鳥のごとく激しく燃え上がる炎の鷹だった。

キリュウは、ハヤテをつかんだ炎の鷹の背に立つ異形の者を見た。

「響鬼……⁉」

炎の鷹を駆り、吉野の窮地に駆けつけたのは死んだと思われていた響鬼だった……！

「無事だったのねッ」

サキが喜びの声を上げた。

「ああ。こいつが……鬼十の力が俺を助けてくれたんだ」

「鬼十の力……？」

響鬼の言葉に、サキは炎の鷹を改めて見た。

「あの巻物に仕込まれていたのは、鬼が扱える魔化魍……いや、式神《しきがみ》だったんだ。崩れた岩のあいだに閉じ込められたとき、懐から落ちた巻物と俺の音叉《おんさ》が共鳴して、現れたこいつが俺を助け出してくれたんだ」

炎の鷹が響鬼に応えるようにキィエエエエエッ！　と高く鳴いた。

自分を救った炎の鷹を見つめるハヤテに熱いものがこみ上げてきた。

「これを……父上が」

「ツムジから話は聞いた。ハヤテ、あとは俺に任せろ」

響鬼は炎の鷹にハヤテを託し、キリュウの前に飛び降りた。

「半蔵が始末したと聞いていたが、まさか鬼十の力がお前を救うとは……これもまた運命か」

キリュウは皮肉まじりにつぶやいた。

「あんたこそ、まさか半蔵の仲間だったとはな」

ジリッと間合いをつめる響鬼の前に十三人の鬼の鎧が立ち並んだ。

響鬼は抜き放った二本の音撃棒《おんげきぼう》の先に炎を放つと、燃え上がった長い炎を石のように固め、鋭い剣に変化させて静かに構えた。

「……お前にこいつらが斬れるかな」

響鬼に人は斬れぬ……化身忍者と戦えなかったことを知るキリュウが不敵な笑みをこぼした。

キリュウの不敵な笑みに同調するように鬼の鎧の一人が飛び出した。敵は響鬼を挑発し、もてあそぶように斬りかかった。しかし、響鬼はひるむことなく敵の刀を大きく弾くと、返す刀で敵の腕をスパッと斬り裂いた。

「ウガアアッ！」

腕を落とされた鬼の鎧が悲痛な声を上げてゴロゴロと地面を転げまわった。

「何ッ……!?」

二本の剣を大きく構え直した響鬼が、傷つき膝をつくイブキ、そして戦いを見つめ不安げに震えるサキを背中に感じながら、キリュウを睨みつけた。

「大事な者を守る。そのためなら俺は……『鬼』になる」

有無を言わさぬ響鬼の凄みに、鬼の鎧をまとった忍びたちが思わずジリッとたじろいだ。

「ひるむな！　やれいッ！」

キリュウの声に我に返った忍びたちが響鬼に襲いかかった。

だが、響鬼に迷いも恐れもない。『鬼』となった響鬼の剣は容赦なく敵を斬り裂き、あたりはあっという間に、鎧を割られ響鬼の剣に腕や足を奪われた忍びたちのうめき声で埋め尽くされた。

響鬼は地面にのたうちまわる忍びたちに向かって言った。

「ここで引くなら命まではとらない……早々に去れ」

全身に返り血を浴び鬼気迫る様相でたたずむ響鬼の姿に、戦う気力を失った忍びたちは体を引きずって逃げ出した。

だが、そんな忍びたちをキリュウがぼろ切れのように斬り捨てた。

「戦えぬ忍びなど生かしておいても不憫《ふびん》なだけだ……」

キリュウはそう言いながら鷹の仮面をつけると響鬼に襲いかかった。けがで戦えなくなっていたのがまるで嘘だったかのように、鬼の鎧を纏ったキリュウの動きは恐ろしく速く、二刀流の響鬼でさえ、キリュウの斬撃《ざんげき》を受け止めるのがやっとだった。

キリュウはギリギリと刀を押し込みながら響鬼に言った。

「わかるか響鬼？　力を活かすのは使う者の気持ち一つだということを」

「よせ、キリュウ！」

「私と戦いたくないか？　ならばいっしょに来い。伊賀血車党はお前の力を喜んで歓迎する」

「ばかなことではない。それをきっと望んでいるはずだ。お前の父……鬼十もな」

「ばかなことを言うなッ」

「何ッ!?」

キリュウの言葉にひるんだ響鬼は剣を弾かれ、うしろに大きく吹っ飛んだ。

衝撃で顔だけが人にもどったヒビキは体勢を立て直そうと体を起こしたが、その喉元にキリュウがピタッと切っ先を突きつけた。

「……鬼十が……俺の父……？」

ヒビキは混乱しながらキリュウを見上げた。

「嘘だと思うなら、そこにいるキドウに聞いてみろ」

ヒビキはキドウを見た。

キドウはヒビキから目をそらすようにうつむいた。それが何よりの答えだった。

「……まさか」

真実を知ったヒビキにキリュウが再び問うた。

「もう一度聞く。俺といっしょに伊賀血車党に与《くみ》するか？　……父、鬼十の意志を継いで」

ヒビキはキッと顔を上げて言った。

「鬼十が俺の父親かどうかはともかく、伊賀血車党に与するのだけは御免だ！」

ヒビキを見下ろすキリュウの目が冷たく光った。

「吉野襲撃の前にお前を山から逃がしてやったのが、亡き友に対する私のせめてもの贖罪《しょくざい》だった。だが本人が刃向かうと言うなら仕方ない……」

キリュウは静かに刀を構え、蔑むようにヒビキを見た。

「もどって来なければ命を落とすこともなかったであろうに……」

キィエエエエエエッ！

ヒビキの窮地に炎の鷹がキリュウに襲いかかった。

だが、キリュウは炎の鷹をすばやくよけ、ヒビキを狙い再び襲いかかった。

その攻撃をかろうじてよけたヒビキは、落ちた剣を拾おうと手を伸ばすが間にあわない。

「さらばだ！」

体勢のままならないヒビキにキリュウが刀を振り下ろした。そのとき、飛び込んできた影がヒビキを突き飛ばした。

倒れたヒビキが振り返ると、キリュウが振り下ろした刀の先には、ヒビキの身代わりとなりその身に刃を受けたキドウがいた。

キドウは苦痛に顔をゆがめながらキリュウを睨みつけ、

「このばかめ。よけいなことを……」

と、自分に振り下ろされた刃を力任せに引き抜き、そのまま奪いとってキリュウめがけて突き立てた。

「うおりゃあああああああ！」

キドウの怪力で突き立てられた刀は鬼の鎧を貫き、キリュウの脇腹を深く貫いた。

「ウグッ……キドウーッ！」

激昂したキリュウはキドウを蹴り飛ばし、よろよろと脇腹の刀を抜いた。炎の鷹から飛び降りたハヤテがすきのできたキリュウに斬り込んだ。

「ヤア！」

キリュウは斬り込みをかわすとサキに走り寄り、はがいじめにして刀を突きつけた。

「サキ！」

サキを盾《たて》にとられ身動きできないヒビキにキリュウが言った。

「ここは邪魔が多い……決着はまたいずれ」

キリュウの鬼の鎧から無数の羽根が放たれ、一同に襲いかかった。そして羽根が晴れると、キリュウとサキの姿はその場から忽然《こつぜん》と消えていた。

「キリュウめ……」

力尽きたキドウがドサッと倒れた。キドウの体を抱き起こすヒビキのまわりにイブキとハヤテも駆け寄った。

「すまない、俺のために……」

詫《わ》びるヒビキにキドウは精一杯笑いかけた。

「気にするな。ワシのほうこそお前に詫びねばならぬことが……ウウッ」

「今はいい。無理にしゃべるな」

「いや、聞いてくれ……」

キドウは自分の命が長くないと悟ったかのように気力を振り絞って話し続けた。

「ワシは……お前たち親子に償《つぐな》い切れぬほどの過《あやま》ちを犯してしまった」

「……キリュウの話か」

「ああ」

ヒビキは自分をまっすぐ見つめるキドウの眼差しに、自分が鬼十の息子であるという事実を改めて受け止めた。

ハヤテがキドウに尋ねた。

「では、ヒビキと俺は……」

「そうじゃ、兄弟じゃ。お前の母は、鬼十が吉野を去ったあと、娶《めと》ったおなごであろう。母親は違うがお前たちは二人とも鬼十の子じゃ」

「俺の母を知ってるのか？」

ヒビキはキドウに尋ねた。

「お前の母はミツキ……ワシの妹じゃ」

キドウの答えにヒビキはさらに驚いた。

驚くヒビキにキドウは沈痛な面持ちで続けた。

「そして……。お前の母ミツキが命を落としたのは、このワシのせいじゃ……」

キドウは苦しい息の中で隠していた過去を話しはじめた。

鬼の鎧を作った鬼十が重鎮《じゅうちん》たちの逆鱗《げきりん》に触れ吉野を追われたのは、鬼十とミツキのあいだに子供が生まれたばかりのころだった。

鬼十はキドウにとって妹の夫であり、自分の友である。しかも子供が生まれ、父親になったばかりである。キドウは処罰を受ける鬼十に心を痛めた。が、しきたりには従うしかない。そこでキドウは、鬼十の禊《みそ》ぎはせめて友の自分がと自ら志願し、鬼十から鬼の力を消すと、一人吉野を後にする彼の背中を見送った。

夫を慕うミツキは悲しみ、生まれたばかりでまだ名もない息子を連れ、自分も山を降りると言い出した。

だが、吉野を出た鬼十の暮らしがこれからどうなるかわからぬし、何より生まれたばかりの子供を連れ険しい吉野の山を歩くのは困難である。キドウは反対し、ミツキを押しとどめた。

しかしある日、思いあまったミツキが吉野を抜け出し、山を降りた。

悲劇はそこで起こった。

ミツキが魔化魍に襲われたのだ。魔化魍は深い森に潜み、人間を襲う。小さな赤ん坊を抱き一人山を歩くミツキは格好の餌食となった。

後を追ってきたキドウが鬼に変身し魔化魍を撃退したが、時すでに遅く。傷だらけで地面に横たわるミツキに息はなく、子を守るように必死に抱きかかえた彼女の腕の中で、何も知らぬ赤ん坊が静かに眠っていた。
キドウは悔やんだ。
しきたりに従ったとはいえ、友を追いやり、妹を死に至らしめてしまった自分を責める
キドウは二人に償うため決心した。
友・鬼十と妹・ミツキが残した子を自分が育てる。二人が残した命は自分が絶対に守り
抜く……と。
しかし、吉野を追われた者の子として彼を育てるのは忍びない。キドウは吉野の仲間と
相談し鬼十の子はミツキと共に命を落とした事とすると、二人の子を魔化魍に襲われ親を
なくしたみなしごとして改めて吉野に迎え入れ、ヒビキと名づけたのだった。

「すまぬ、ヒビキ……」
キドウはそこまで話すと、改めてヒビキに詫びた。
「お前が鬼十のようにしきたりに背いて道を踏みはずし、また悲劇を繰り返すようなこと
は絶対にあってはならぬ……ワシはそのことばかり考え、何かにつけお前に厳しく当たり
すぎた。許してくれ……」
「いいんだキドウ。……いいんだ」

キドウの隠された思いを改めて知ったヒビキは胸が詰まり、そう答えるのが精一杯だった。

「鬼十よ……」

そう言ってキドウは自分を見下ろす炎の鷹を見上げた。

「ワシのつまらぬ心配など無用だった。お前の息子はお前の意志を継ぎ、立派にやっておる」

物言わぬ炎の鷹は静かにキドウを見下ろした。

「そんな息子を二人も持って、お前は幸せ者じゃな……」

キドウはそう言って炎の鷹に笑いかけるとゆっくりと目を閉じた。

イブキは肩を震わせてうつむき、ハヤテは静かに黙禱《もくとう》した。

ヒビキはキドウの手をとって言った。

「俺は今まで自分一人で戦ってるつもりでいた。けど……それは間違いだった」

ヒビキは、キドウを、イブキを、そして自分を見下ろす炎の鷹を見渡した。

「俺はいつも誰かに守られていた。誰かが俺を見守ってくれていた。そんなことも知らずに俺は……」

ヒビキは安らかに眠るキドウの顔を改めて見た。

「お前が守ってきたこの吉野は俺が絶対に守り抜く。そして、父・鬼十の思いを汚す伊賀血車党を必ず……」

ヒビキはキドウをイブキに託して立ち上がった。

そしてハヤテも続いて立ち上がった。

「行こう」

「ああ」

二人のあいだにそれ以上言葉はいらなかった。

二人の気持ちを察するかのごとく雄々しく燃え上がる炎の鷹が飛び上がった。そして、その脚をつかんだヒビキとハヤテの体を空へと導いた。

『鷹のように力強く自由に飛びまわりたい』

鬼十の心を受け継いだかのごとく、今二人の息子が雄々しく空を駆けてゆく。

大切な者を守るために、そして父から受け継いだ心が正しいことを自らの手で証明するために……。

十二之巻

蝕《むしば》む鬼

晴明寺《せいめいじ》……鬼の祖である陰陽師《おんみょうじ》・安倍晴明《あべのせいめい》の名にちなんで建てられ、鬼たちが吉野《よしの》に隠れ住んでから数百年、何人にも侵されることのなかったこの聖地は、今その歴史の幕を閉じようとしていた。

晴明寺を取り巻く無数の松明《たいまつ》……それは半蔵《はんぞう》配下の忍びが手にしているものだった。

炎の群れの真ん中に立つ半蔵が寺に向かって声を上げた。

「我らは伊賀血車《ちぐるま》党《とう》だ。刃向かわねば悪いようにはせぬ。おとなしく出てこい」

晴明寺の中には戦いを避けて逃げ込んだ女子供が大勢隠れているはずである。だが、伊賀忍群に包囲された恐怖にその身をかたくしているのか、寺は静まり返っている。

バサッ。

半蔵の背後に鳥が降りるような気配がした。サキを連れたキリュウだった。

「放してッ」

抗《あらが》うサキがキリュウの手を振りほどいた。地面に転がったサキは逃げようと体を起こしたが、それより早く半蔵の脇に控えた忍びの刀がサキの前にサッと出た。

改めて虜《とりこ》となったサキに半蔵が尋《たず》ねた。

「なぜお前がここにいる……？」

「ハヤテさんと一緒に来たのよ。ヒビキもいるわ！」

「奴ら生きていたか。だが……」

半蔵はそう言って燃える吉野の山林を見渡した。

「吉野はすでに我らが手中にある。二人があがいたところで今さらどうなるものでもない」

半蔵の策略は十中八九成功していた。

半蔵はまず、悪気《あっき》をはらんだ実で産み出した大量の魔化魍《まかもう》を吉野に差し向けた。が、敵は魔化魍退治の専門家である。いくら数が多いといえど鬼たちの音撃《おんげき》の前に次々と倒されてゆき、鬼側に甚大な被害をもたらしたものの結果的には一掃されてしまった。

が、それで十分であった。

半蔵にとって鬼と戦うことは本来の目的への通過点でしかない。それゆえ自らの配下を鬼にぶつけ無駄に消耗することは避けたかった。その点魔化魍は、所詮《しょせん》悪気をはらんだ土塊《つちくれ》である。全滅したところでまた改めて作り出せばよい。つまり魔化魍は半蔵にとってただの捨て駒でしかなかったのだ。

そんな思惑《おもわく》も知らず鬼たちは魔化魍相手に死力を尽くして戦い、おかげで半蔵と配下の忍びたちは戦力をそがれることなく、山頂にあるこの晴明寺まで無傷でたどりつくことができた。対する鬼側は魔化魍との激戦で半数以上が命を落とし、生き残った者も激しい戦いで疲労の色が濃く、戦う力はほとんど残されていない。今なら化身《けしん》忍術を持たぬ忍びたちでも容易にとどめをさせる……圧倒的な勝ち戦に半蔵は機嫌をよくしていた。

「油断するな」

キリュウが半蔵に言った。

「ハヤテによって子飼いの化身忍者たちは一掃され、十三人の鬼の鎧《よろい》もまたヒビキに敗れた。二人を侮《あなど》ってはならぬ」

言いながら傷を押さえるキリュウに半蔵が尋ねた。

「奴らにやられたのか……？」

「いや、ヒビキを庇《かば》ったキドウに斬られたのだ」

痛みに顔をゆがめるキリュウを見て半蔵があざ笑った。

「ヒビキやハヤテにやられるならともかく、仲間に斬られるとはお主《ぬし》も間抜けな男だ」

「みなを裏切った報いよ」

サキがキリュウを睨《にら》みつけた。

「私とて鬼の行く末を案じてのこと。ただの私利私欲ではない」

キリュウはそう言うと改めてサキを見た。

「古いしきたりに従うだけではいずれ鬼は滅ぶ。鬼の血を残し、鬼の力を広く世に知らせるにはこれからは違った生き方をせねばならぬ。だが物事を変えるということは、時に大きな傷や痛みをともなう。これはそういうことなのだ」

サキはキリュウの詭弁《きべん》に苦笑いした。

「違うわ！　あなたは自分の居場所が見つけられなくて、その鬱憤《うっぷん》を晴らしたいだけよ」

「おなごのくせにと弾かれ続けたお前なら私の気持ちがわかるはずだ」

キリュウは愛情とも哀れみともつかぬ色を目に浮かべサキの手をとった。

「共にゆこう、サキ。そして新しい鬼の道を作ろう。お前とならばきっと……」

キリュウはサキに弟子以上の感情を持っていた。それゆえサキがこの襲撃に巻き込まれぬようヒビキと共に鬼十《きじゅう》探索の任を授け、吉野から遠ざけたのだ。

「いやよッ」

サキはキリュウの手を払いのけ、言い放った。

「私はみなと行きます。吉野のみなと……そしてヒビキと！　新しい鬼の道は、彼らと共に作ります！」

「まあいい……お前とは時をかけてゆっくり話そう」

そんなキリュウをからかうかのように半蔵が声をかけた。

「キリュウ。お前の情の深さを見込んで頼みがある」

半蔵は松明に照らし出された晴明寺を指差した。

「寺に籠った女子供は俺を警戒しているようだ。刃向かわねば命はとらぬと言ってもいっこうに出てきおらん」

「なるほど」

キリュウは前に進み出ると寺に向かって声をかけた。

「みなの者聞けい！　私はキリュウだ。私がいる限り、この者たちはみなの命はとらぬ。安心して出てくるがよい」

だが、キリュウが声をかけても寺の中から人が出てくる気配はなかった。

「吉野の鬼は女子供まで揃《そろ》って頑固者らしい」

半蔵は苦笑いすると配下の忍びに命令した。

「みなの者、火矢を持て」

キリュウが半蔵を制した。

「待て。まだ出てこないと決まったわけではない」

「女子供ごときにそう手間はかけられん」

「かといって命を奪うのは早計だ。みな、鬼の行く末を担う者たちなのだ」

「だからこそ……従わぬなら根絶やしにせねばならん」

半蔵は冷たい目で寺を見た。

寺の中にいるのは、ほとんどが女子供。キリュウの言うとおり、彼らはみな、鬼の血を次の世代に伝えることができる者たちである。半蔵とて、彼らが投降するというなら利用する価値はあると思っていた。鬼の素養を持つ子供たちは伊賀血車党の一員として育てあげればよいし、鬼の女は配下の忍びたちと契《ちぎ》らせ新たな鬼の子を産ませればよい。

が、それはあくまで彼らが伊賀血車党に協力的であればの話であり、彼らを懐柔することに時を費やすほど半蔵は吉野の女子供を重要とは思っていなかった。

「一つに集めてくれてかえって好都合だ」

寺を取り囲む忍びたちが火矢を構えた。

「よせ」

キリュウもさすがに無抵抗の女子供を手にかけることには抵抗があった。

「少し時をくれ。そうすれば奴らも」

「もうよい。おなご一人の心もつかめぬお前に吉野の女子供を説き伏せることができると思った俺が間違いだった」

半蔵は言うやいなや刀を抜き放ちキリュウを一刀両断した。

半蔵の豪腕は鬼の鎧さえ真っ二つにし、肩から腰までざっくり斬られたキリュウの体はつんのめって地面に倒れ伏せた。

「……半蔵……ッ……」

キリュウは土にまみれた顔を必死に上げて半蔵を見た。

「俺が求めているのは本物の鬼だ。心の底から鬼になれぬ男など、伊賀血車党には必要ない……」

半蔵の刀が倒れたキリュウの体を無慈悲に貫いた。

「ウガアッ！」

とどめを刺されたキリュウは地面に突っ伏し動かなくなった。

半蔵の残忍さを目の当たりにしたサキは寺に向かって声を限りに叫んだ。

「みな逃げてーッ！」

半蔵は叫ぶサキを殴り飛ばし、配下に号令をかけた。

「射《う》て！」

半蔵の声に、配下の忍びたちが一斉に火矢を放った。

「アアッ……」

倒れたサキはなすすべもなく地面に頭をこすりつけた。

「……何？」

半蔵が漏らした声にサキは顔を上げた。

晴明寺が大きな炎に包まれている……サキは一瞬そう思った。が……、

「これは……！」

サキの目の前で大きく燃え上がっていたのは炎の鷹《たか》だった。晴明寺の前に舞い降りた炎の鷹が放たれた火矢を燃える体に飲み込み、寺を守ったのだ。

半蔵配下の忍びたちは突如現れた炎の鷹の雄々しさに呑《の》まれ、弓を持ったまま立ち尽くした。

「射《う》て射《う》てッ！」

半蔵の号令にハッとなった忍びが再び火矢を射《い》った。

しかし、矢は再び炎の鷹に飲み込まれ、燃える体の中でことごとく灰と化していった。

キィエエエエエッ！

炎の鷹は一鳴きすると、お返しとばかりに口から炎の弾を放った。次々と放たれる炎の弾は寺を包囲する忍びたちを炎に巻き、形勢は一気に逆転した。

キィエエエエエッ！

炎の鷹が勝利の鳴き声を上げて姿を消すと、そこにはヒビキとハヤテの姿が現れた。

「ヒビキ！」

サキはヒビキの元に走った。

「無事でよかった。あとは俺たちに任せて、みなを」

ヒビキはサキを寺に向かわせ、改めて半蔵を睨みつけた。

予想外の反撃に配下を一掃された半蔵が顔をしかめた。

「今の力はいったい何だ……？」

「父上が残してくれた力だ」

半蔵の問いにハヤテが返した。

ヒビキは倒れているキリュウに目をやった。

「お前が斬ったのか……？」

「鬼の知識はすべて手に入れた。こいつにもう用はない」

半蔵は乾いた声で答えた。

問いかけるヒビキを見つめる半蔵の眼がギラリと光った。

「鬼十の力を、そして鬼の力を手に入れて、お前はいったい何をするつもりなんだ？」

「……この世を再び戦乱の世にもどす」

半蔵の言葉にハヤテが険しい顔を向けた。

「なぜそんなことを……？」

「すべては報われぬ忍びたちのためだ」

半蔵は毅然《きぜん》と言い放った。

「戦国の世が終わりを告げ数十年……戦がなくなった今、いくら術を磨いてもそれを活かす場所がなければ我々忍びの生きる道はない。今や忍びの誰もが困窮した生活を強いられ、戦国の終わりと共に滅びようとしている」

そう語る半蔵の表情に暗い陰がおちた。

「しかしお前たちは幕府に召し抱えられ、その力を……」

「我々とて同じことだ！」

半蔵はヒビキの言葉を遮《さえぎ》ると、語気を強めて続けた。

「確かに家康公《いえやすこう》の命を救った初代半蔵は圧倒的な信頼を得て幕府に迎え入れられ、その力を遺憾なく発揮した。しかし、それとて戦があったころまで。やがて時が経ち戦がなくなると、幕府は忍びたちを護衛と称して城の中に閉じ込め、気まぐれに呼び出してはつまらぬ用を押しつけるようになった……。退屈な城詰めと下らぬ使い走りの日々に忍びたちはどんどん精気を失い、堕落した。血なまぐさい戦場を駆け抜けた狼《おおかみ》たちは、すっかりその牙を抜かれ、生ける屍《しかばね》と化したのだ」

「戦いの中にしか忍びの存在意義はない……そう言いたいのか？」

ハヤテは問いつめた。

「そうだ！　天下太平など我々忍びにとってはなんの意味も持たぬ！　我ら忍びは戦の中にあってこそ、その輝きを放つッ！」

血に飢えた獣のごとく叫ぶ半蔵が二本の刀を抜き放ち、目の前で十字に構えた。

カキィイイン……！

十字に合わさった二本の刀身が奏でる冷たい振動が半蔵の体に響き渡ると、その体がボコボコと不気味な音を立て人の形を失ってゆき、黒い炎が全身を包みこんだ。

「カアッ！」

太い気合の声と共に黒い炎が振り払われると、そこには全身漆黒の異形の男が悪気をはらんで立っていた。

「鬼……」

「いや、化身忍者か……」

ヒビキとハヤテは異様な姿に変身した半蔵を改めて見た。

その体は全身鴉《からす》のような黒い羽根で覆われているが、胸や肩、腕や足の先は鬼のそれと同じく黒光りする鋼の皮膚が包みこんでいる。そして人にも鴉にも見える不気味なその顔の上には二本の角が力強く突き出し、血のように赤い口からは鋭い牙が飛び出している。

「この体は化身忍術と鬼の陰陽術を組み合わせて作り上げたもの。我が名は伊賀血車党頭《とう》領《りょう》、蝕《しょく》鬼《き》……世を蝕む鬼だ！」

蝕鬼となった半蔵が二刀流の刀を振りかざして二人に斬りかかった。

ヒビキとハヤテは転がってよけ、身構えた。

「俺の大事なものを蝕むならお前を許すわけにはいかない！」

「戦乱のために父上の力を使うなら、俺はお前を……斬る！」

ヒビキは音叉《おんさ》を取り出し音撃棒《おんげきぼう》にあて、ハヤテは背負った刀を握り鍔《つば》を振動させた。

キィイイイイン……。

緊張感のある、それでいて清らかな音色が響き渡る。

「吹けよ嵐……嵐……嵐ッ……！」

ハヤテの声に風が巻き起こる。

顔だけ人のヒビキの全身が青白い炎に包まれ、吹き荒れる鷹の羽根の中にハヤテの姿が見えなくなった。

「ハアッ！」

ヒビキの気合の声と共に炎と羽根が晴れ、響鬼と嵐《あらし》に変身した二人がその姿を現した。

「鬼十が息子、響鬼！」

「同じく、変身忍者《へんしんにんじゃ》嵐、見参《けんざん》！」

二人は力強く名乗りを上げると蝕鬼に躍りかかった。

「鬼と化身忍者、二つの力を併せ持つこの俺を倒せるものなら倒してみろ！」

漆黒に覆われた屈強な肉体が二人の前に黒い壁となって立ち塞《ふさ》がった。

響鬼が繰り出す音撃棒と嵐が打ち込む刀を二刀流で巧みにさばく蝕鬼は、返す刀で二人を弾き飛ばすと、二本の刀を交互に激しく回転させた。

「音撃殺法……かまいたち！」

シュィィィィィィイン……。

不気味にうなる刀の音が風を切り、衝撃波となって二人に襲いかかる！

「ウガッ！」

「アウッ！」

体を裂かれ体勢を崩した響鬼と嵐に蝕鬼の容赦ない攻撃は続く。

「忍法黒羽《にんぽうくろは》の舞《まい》……！」

バッと体を広げた蝕鬼の全身から黒い羽根が無数の矢となって放たれる。

ザクッ！　ザクザクッ！

体中に黒い羽根が突き刺さり、響鬼と嵐がガクリと膝をついた。

蝕鬼の黒き力は圧倒的だった。

「わかったか、若造ども。これが伊賀血車党の力だ。我らはこの力で幕府を転覆させ、再びこの世を戦国乱世へと導く！」

蝕鬼はよろめきながら立ち上がる響鬼と嵐を乱暴に蹴《け》り飛ばすと、とどめの構えをとった。

そのとき、突然聞き慣れぬ音があたりに響き渡った。

ヒョォォォォォォ……。

慈悲深く、それでいてどことなく悲しいその音色が蝕鬼を包みこむと、その体が何かにからめとられたように動けなくなった。

「ぬ……？」

蝕鬼は音の鳴るほうに視線を向けた。

そこには、息絶える寸前のキリュウが必死に体を起こし、草笛を鳴らす姿があった。

「キリュウ……⁉」

「どうだ……私の音撃『草璃縄《くさりなわ》』の味は……」

「なぜだ……?」

「……どうやら……鬼十が私に最後の力を貸してくれたようだ……」

それは鬼の鎧をまとったキリュウが振り絞った最後の鬼の力だった。

「行け……そいつを倒すなら今だ……」

響鬼と嵐はよろよろと立ち上がりながら、体の自由を奪われもがく蝕鬼を睨んだ。

「行くぞ」

「ああ」

響鬼は音撃棒を剣に変えると、嵐と共に剣を構え蝕鬼に突っ込んだ。

ブヒュッ……!

二人の渾身《こんしん》の一撃が蝕鬼の体に炸裂《さくれつ》した。

「ウガアアアアア!」

鬼と変身忍者、二人の斬撃《ざんげき》をもろにくらった蝕鬼は地面にめりこむようにズドンと倒れ伏した。

ハァハァと肩で息をする響鬼と嵐がキリュウを見た。

「やったな……鬼十の子らよ……」

キリュウはそれだけ言うと静かに目を閉じ倒れた。キリュウの手から草笛に使った小さな葉がこぼれ落ちた。

「鬼十の魂が最後にキリュウの心を取りもどしてくれたのか……」

ボロボロになった鬼の鎧をまとい安らかな顔で目を閉じるキリュウを見て、響鬼がつぶやいた。

「貴様らあああッ！」

響鬼と嵐の背に怒号が浴びせられた。

振り返ると、漆黒の体を赤い血で染めながら再び立ち上がった蝕鬼が二人に怒りと憎悪の目を向けていた。

「俺はまだ終わりではない。俺は……俺は……」

蝕鬼はそう言うと、禍々《まがまが》しい紫の煙を放つどす黒く腐った木の実を取り出し、一気に飲み込んだ。

「ウッ……ウウッ……ウガアアアアアアア！」

もがき苦しむ蝕鬼の体から禍々しい悪気が放たれ、その体がみるみる膨れ上がっていく。

「今度は何だ……？」

嵐は見たことのない変化《へんげ》を遂げてゆく蝕鬼の体に目をこらした。

人の十倍以上の大きさに膨れ上がり獣のように雄叫びを上げる蝕鬼を見て響鬼が叫んだ。

「これは……魔化魍だ！」

蝕鬼の体は人の形こそ残してはいたが、全身毛むくじゃらの皮膚は醜《みにく》くひび割れ、髑髏《どくろ》のように黒く落ち窪《くぼ》んだ目は激しく血走って真っ赤に染め上がり、頭に生えた角と口から突き出た牙は大きく伸びてさらに威容を放ち、その姿はまさに伝承や昔話に出てくる巨大な鬼そのものだった。

「我が……名は……蝕鬼……」

重々しく振り向く魔化魍蝕鬼の口から黒い液体がビシャッと放たれた。

響鬼と嵐はとっさに飛び退いたが、悪気をはらんだ黒い液体に侵された地面は黒い煙を上げて燃え上がり、異様な臭気を放って腐りはじめた。

「我が……名は……蝕鬼……」

蝕鬼がゆっくりと晴明寺のほうに体を向けた。

「まずい！」

「奴を止めねば！」

響鬼と嵐は飛び上がると、蝕鬼に取りつき注意をそらそうと斬りつけた。だが、巨大化し魔化魍となった蝕鬼に今や剣技は通用しない。蝕鬼はまるで小蝿を払うように響鬼と嵐を振り落とした。

地面に叩《たた》きつけられた響鬼と嵐は、蝕鬼の巨体を仰ぎ見た。

「どうすれば倒せる……」

嵐の言葉に響鬼が返した。

「魔化魍となった奴は音撃で倒すしかない」

「だが、奴には化身忍者の力も備わっている。化身忍者に清めの音はきかんぞ」

「なら……俺の音撃をお前の化身忍術と同時に放つ」

「何？」

「親父……俺たちに力を貸してくれ！」

響鬼はそう言うと腰にさしていた巻物を取り出し、音叉をあてた。

キィイイイン……。

という音叉の音色に導かれ、炎の鷹が再び姿を現した。

「行くぞ！」

響鬼と嵐を乗せ大空に舞い上がった炎の鷹は、晴明寺に迫る魔化魍蝕鬼のまわりを旋回すると、その巨体で蝕鬼に体当たりした。

ズドーン！　と地面を揺るがせ、蝕鬼の体が倒れた。

「今だ！」

響鬼は炎の鷹から飛び降りると、倒れた蝕鬼の胸に飛び移り、腰に巻きつけた太い帯から火炎鼓《かえんつづみ》を引き抜き、魔化魍蝕鬼の胸にすさまじい力でめりこませた。

「ヌオッ……」

もがく蝕鬼に向かって響鬼が音撃棒・烈火《れっか》を振り上げた。

「火炎連打《かえんれんだ》！」

気合の声と共に、蝕鬼の胸にめりこんだ火炎鼓に響鬼が烈火を激しく打ち込む。

ドゴドゴドゴドゴドゴドゴドゴドゴドゴドゴドゴドゴ……！

太鼓の早打ちのごとく猛烈な連打！

ドゴドゴドゴドゴドゴドゴドゴドゴドゴドゴドゴドゴ……！

「ヌ……ヌ、ヌオオオオオオオオッ！」

苦しむ蝕鬼の体から光が漏れ出す。

だが、蝕鬼に施された化身忍者の再生能力が体の崩壊を食い止め、清めの音に抗う。

「嵐！」

響鬼は叫んだ。

「忍法！　旋風落とし！」

上空を旋回する炎の鷹から飛び降りた嵐が、刀を突き出しながら竜巻《たつまき》のように体を錐揉《きりも》みさせ、魔化魍蝕鬼の胸めがけて一直線に急降下した。

「おりゃあああ！」

とどめの一撃を振り下ろす響鬼と同時に、嵐の刀が蝕鬼の心臓を貫いた！

「ヌオウワッ！」

二人の力を同時に叩き込まれ、蝕鬼が激しくうめいた。

「お……おのれ……。だが、俺を倒したところで何も終わらんぞ……。歴史は繰り返す……この蝕鬼のごとく力に魅入られ、世を蝕もうとする者は必ずやまた現れる。俺の意志を継ぐ誰かがな……」

捨《す》て台詞《ぜりふ》を吐く蝕鬼の体の中から激しい光が放たれた。

「ヌ……ヌオワアアアアアアアアアアアアアアアアッ！」

断末魔《だんまつま》の声と共に魔化魍蝕鬼の巨体が四散した。

肉片は飛び散るさなかに土に還り、土の雨となってあたり一面に飛び散った。

「やったな」

「ああ」

互いの顔を見合わせる響鬼と嵐の姿が、昇ってきた朝日の中に照らし出された。

数日後……。

イブキを中心とする鬼の一門は、さっそく吉野の再建を始めていた。

伊賀血車党と戦い、散った鬼たちの数はけっして少なくない。残った鬼たちは散っていった仲間を偲《しの》びながら彼らの墓を丁寧に建てていった。

その中にはキドウ、そしてキリュウの墓もあった。その墓に花をたむける者たちはみな彼の死に涙していた。

イブキはキリュウの裏切りを誰にも話さなかった。それはヒビキもサキも同じだった。彼らは、キリュウもまた、友である鬼十同様、悪しき者に心の闇をつかれ、その運命を狂わせてしまった哀れな犠牲者なのだと感じていた。そして、その心の闇に気づかなかった自分の未熟さを悔いていた。

イブキは集まったみなを前にして宣言した。

「これを機会に俺は新しい吉野を作る。まだまだ未熟な俺だがどうかついてきてほしい」

イブキの言葉は短かったが、その中には頭目《とうもく》として鬼の未来を見据える熱い気持ちと仲間を慮《おもんぱか》る優しい心が満ちあふれていた。言葉を聞いた者はみな、この若き頭目に改めて尊敬の念を抱き、吉野再建の気持ちを新たにした。

再建の作業にもどる鬼たちを見つめるイブキのうしろから声が聞こえた。

「あんまり無理するなよ。お前だってけがしてるんだから」

振り向くと、ヒビキとサキが立っていた。

「お前のほうこそもういいのか?」

イブキが体中傷だらけのヒビキを見て言った。

「俺は鍛えてるからな」

ヒビキは得意げに笑ってみせたが、サキがつっこんだ。

「うそばっかり。さっき薬草を塗ってあげたらヒーヒーわめいてたくせに」

サキにドンと背中を叩かれたヒビキがアテテと体を縮めた。

二人の様子に表情をゆるめ、イブキが尋ねた。

「ハヤテ殿は？」

「俺ならもう大丈夫だ」

カスミに付き添われたハヤテがヒビキのうしろから姿を現した。ハヤテは戦いで負った傷を癒すため吉野に留まり、駆けつけたカスミの献身的な手当てを受けていた。

「イブキ殿には本当に感謝している。おかげですっかり傷も癒えた」

「いや。それはカスミ殿のおかげだ。礼ならカスミ殿に」

ハヤテにそう話すイブキにカスミは大きく手をふりながら訴えた。

「よしてください。私は医者として当然のことをしただけなので」

が、カスミの献身的な手当てにいたく感動したのか、イブキがさらに続けた。

「いや、ハヤテ殿にはカスミ殿のような方がきっと必要だ。これからも末永く大事にされるがよい」

鬼の頭目を継ぐ者として育てられた人間だけが持つ天性のひらめきや勘のよさのようなものを持ち、時に少年とは思えぬような物事の真理をつく発言をすることがある……そんなイブキが二人の間柄を知ってか知らでか大胆な発言をした。

「ちょっと、イブキっ」

サキは慌《あわ》てたが、イブキの言葉に微笑み合うハヤテとカスミを見て、この二人ならきっと大丈夫だとホッとし、二人が一緒にいられる日が早く来るよう改めて心の中で祈った。

「な、イブキ。落ち着いてきたところでちょっと話があるんだが」

ヒビキが少し神妙な顔でイブキに話しかけた。

「鬼をやめることなら許さんぞ」

「え？」

自分の力が誰かを傷つけることを極端に嫌うヒビキである。大事な者を守るためとはいえ、多くの敵を傷つけたことに対する贖罪《しょくざい》のため、鬼の力を消してほしいと頼んでくるに違いないとイブキはわかっていた。

「吉野の古き鬼たちはことごとくいなくなってしまった。今こそヒビキのような男がこれからの者たちを導いていくべきだ」

「待て。俺に師匠になれってのか⁉　ちょっと待て、それだけは勘弁してくれ」

イブキの言葉にヒビキが大きく手を横に振った。

「ならばさっさと子を作り、せめてその子にだけでもお前の考えを伝えておけ」

「子供を作る？　誰と？」

「相手ならいるだろう」

イブキはサキを指差した。

「は⁉」

「エッ⁉」

ヒビキとサキが同時に驚いた。

「当人同士は気づいていないようだが、お前たちはけっこうお似合いだ」

またまたイブキが大胆な発言をした。

「ちょ、ちょっと。イブキったら何言い出すのよ……」

珍しくサキが顔を真っ赤にして口ごもった。

「サキさんも意外と正直なのね」

サキの様子を見てカスミがクスッと笑った。

「イブキ殿の言うことは少々突飛かもしれんが、あながち間違ってはいない」

ハヤテが話に割って入った。

「俺たちには力の使い方を次の世代に正しく伝える使命がある。ヒビキ、蝕鬼の最期の言葉……覚えているか?」

「ああ。『歴史は繰り返す……この蝕鬼のごとく力に魅入られ、世を蝕もうとする者は必ずやまた現れる』……だったな」

ヒビキは半蔵こと蝕鬼の最期の言葉を繰り返した。

ハヤテは続けた。

「だからこそ、俺たちも次の世代に正しい心を伝えていかなければならない。そうすれば必ず誰かがその意志を継ぐ。悪に手を染める者がいる限り、悪から人を守ろうとする者もまた必ず現れる」

ヒビキは父・鬼十が残した炎の鷹の巻物を取り出しながら言った。

「そうだな。親父の意志を受け継いだ俺たちのように……」

鬼十の二人の息子は、父の残した形見を改めて見つめた。

「ねえ、見て！」

サキが空を指差した。

一同が見上げると、晴れた大空に一羽の鷹が飛んでいた。

ヒビキとハヤテは眩《まぶ》しそうにその鷹を見上げた。

鷹は二人の上空を大きく旋回すると、別れを告げるように大きく羽根を振り、明るく大きな空に向かって自由に羽ばたいていった……。

十三之巻　受け継ぐ魂

時は流れ……現代。

高度経済成長がもたらした繁栄と豊かさによって、日本はこれまでにない自由と平和な生活を手に入れていた。

しかしその裏で、世界の繁栄をよしとせず、人類の自由と平和を奪わんとする秘密結社が暗躍していた。その名は……ショッカー。

ショッカーは、まるで蝕鬼《しょくき》の意志をそのまま継いだかのごとく、化身忍者《けしんにんじゃ》や魔化魍《まかもう》のような異形の化け物……『改造人間』を尖兵《せんぺい》とする世界征服をもくろんでいた。

『俺を倒したところで何も終わらんぞ……。歴史は繰り返す……この蝕鬼のごとく力に魅入られ、世を蝕《むしば》もうとする者は必ずやまた現れる。俺の意志を継ぐ誰かがな……』

そう言い捨て響鬼と嵐《あらし》に敗れた蝕鬼の予言は見事に的中したのだった。

人々はショッカーの存在に恐怖し、彼らの暗躍に巻き込まれた者たちが次々に命を落としていった。

だが、ショッカーの前に敢然と立ち塞《ふさ》がる一人の男がいた。

体にバッタの能力を授けられ、髑髏《どくろ》のような仮面で素顔を隠した男の姿はまさに響鬼や嵐と同じ異形の者であった。

男のその力はショッカーに与えられたものだった。だが、男は知っていた。与えられた力は人を傷つけるために使うものではなく、人を守るために使うものだと。

男はショッカーを裏切り、人類の味方となった。

赤いマフラーを翻しバイクと共に颯爽《さっそう》と現れる異形の男、その名は……「仮面ライダー」。

悪に手を染める者がいる限り、悪から人を守ろうとする者もまた必ず現れる……。

その魂は今も、時を越え、受け継がれ続けている。

完

原作
石ノ森章太郎

著者
きだつよし

協力
金子博亘

デザイン
出口竜也
（有限会社 竜プロ）

きだつよし | Tsuyoshi Kida

1969年大阪出身。

劇作家・演出家・脚本家・俳優・絵本作家。

劇団「TEAM発砲・B・ZIN」元主宰。解散まで全作品の作・演出を担当。大野智主演「風(プー)」シリーズなど人気舞台も多数手がける。

著書は絵本『のびろ！レーゴム』、TV脚本は『仮面ライダー響鬼』『仮面ライダーウィザード』『中学生日記』など。

講談社キャラクター文庫 006

小説《しょうせつ》 仮面《かめん》ライダー響鬼《ひびき》

2013年5月23日　第1刷発行
2019年9月　5日　第3刷発行

著者	きだつよし　©Tsuyoshi Kida
原作	石ノ森章太郎《いしのもりしょうたろう》　© 石森プロ・東映
発行者	渡瀬昌彦
発行所	株式会社　講談社
	112-8001　東京都文京区音羽 2-12-21
電話	出版（03）5395-3491　販売（03）5395-3625
	業務（03）5395-3603
デザイン	有限会社　竜プロ
協力	金子博亘
本文データ制作	講談社デジタル製作
印刷	大日本印刷株式会社
製本	大日本印刷株式会社

落丁本・乱丁本は購入書店名を明記の上、小社業務あてにお送りください。送料は、小社負担にてお取り替えいたします。なお、この本の内容についてのお問い合わせは「テレビマガジン」あてにお願いいたします。本書のコピー、スキャン、デジタル化等の無断複製は著作権法上での例外を除き禁じられています。本書を代行業者等の第三者に依頼してスキャンやデジタル化することはたとえ個人や家庭内の利用でも著作権法違反です。

ISBN 978-4-06-314856-5 N.D.C.913 290p 15cm
定価はカバーに表示してあります。Printed in Japan

KC 講談社キャラクター文庫 好評発売中

小説 仮面ライダーシリーズ

小説 仮面ライダークウガ
小説 仮面ライダーアギト
小説 仮面ライダー龍騎
小説 仮面ライダーファイズ
小説 仮面ライダーブレイド
小説 仮面ライダー響鬼
小説 仮面ライダーカブト
小説 仮面ライダー電王 東京ワールドタワーの魔犬
小説 仮面ライダーキバ
小説 仮面ライダーディケイド 門矢士の世界～レンズの中の箱庭～
小説 仮面ライダーW ～Zを継ぐ者～
小説 仮面ライダーオーズ
小説 仮面ライダーフォーゼ ～天・高・卒・業～
小説 仮面ライダーウィザード
小説 仮面ライダー鎧武
小説 仮面ライダードライブ マッハサーガ
小説 仮面ライダーゴースト ～未来への記憶～
小説 仮面ライダーエグゼイド ～マイティノベルX～

小説 スーパー戦隊シリーズ

小説 侍戦隊シンケンジャー ―三度目勝機―
小説 忍風戦隊ハリケンジャー

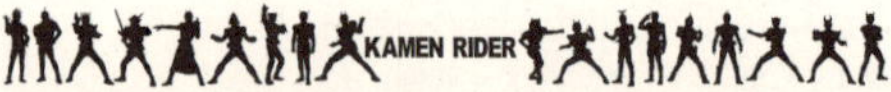